Annette G. Krupka

Engelsflug

7 Fall um Katherina "Kate" Schulz

Impressum

© 2020 Annette Gisela Krupka
Herstellung und Verlag: BoD – Books on Demand,
Norderstedt
ISBN 9783751983686

Das Buch

Kate Schulz und Hauptkommissar Mike Köhler besuchen gemeinsam mit dem jung vermählten Paar, Professor Omar Amri und Jasmin Weidner-Amri, den Plauener Weihnachtsmarkt.

Plötzlich stürzt von der Aussichtsplattform der St. Johanniskirche eine junge Frau in die Tiefe.

Es ist Marlen Kirschner, der neue Weihnachtsengel.

Scheinbar handelt es sich um Suizid, denn ein Abschiedsbrief wird gefunden.

Während die Polizei den Fall damit abschließen will, kommen Kate Schulz Zweifel an der Selbstmordtheorie und sie beginnt zu ermitteln.

Jeder weiß nur Gutes über die junge Frau zu berichten. Aber war sie wirklich der Engel, für den alle sie darstellen?

Und wenn ja, warum musste sie dann sterben?

Kapitel 1

Warum nur war alles so schwierig geworden, das Leben, die Nähe zu anderen Menschen, warum? Dabei hätte man ja denken müssen, dass nach dem Ende des Lockdowns alles besser sein würde. Aber nein, es wurde schwieriger, viel schwieriger. Warum war das so? Sie wusste es nicht. Sie hatte jetzt öfter das Gefühl, als würde alles über ihr zusammenbrechen, als würden die Sorgen, Nöte, alles, das sie seit Jahren, Monaten und Wochen beschäftigte, wie eine Mauer vor ihr stehen, die sie nicht mehr überwinden konnte. War es wirklich ihre Schuld? Oder gab es jemand anderen, der sie hatte, diese Schuld, die ihr Leben von Tag zu Tag, von Woche zu Woche unerträglicher machte? Sie spürte, wie sie immer mehr Probleme bekam, ruhig und gleichmäßig zu atmen. Ruhig, bleib ruhig, ermahnte sie sich streng. Sie musste sich konzentrieren. Wenn sie keine Schuld trug, wer war es dann? War es unfair, jemand anderem die Schuld für sein Leben, sein Versagen zu geben? Aber nicht sie versagte, andere taten es, oder? Schuld hat auch immer etwas mit Sühne zu tun, das hatte sie in der Kirche gelernt. Aber hatte sie sich wirklich schuldig gemacht? Hatte sie Verpflichtungen gegenüber Gott oder anderen Menschen nicht eingelöst? Nein. Also musste sie nicht büßen. Wenn nicht sie, wer dann? Sie sah an dem Turm hinauf. Buße tun, ja. Wer sündigt muss büßen. Mit schnellen Schritten eilte sie auf das Kirchenportal zu.

Kapitel 2

„Ich bin froh, dass Mike wenigstens mithält, das ist ja wie auf einer Party der anonymen Alkoholiker", sagte Jasmin und prostet Genanntem mit ihrem Glühweinbecher zu.

Sie grinste dabei Omar und Kate an, die sich lächelnd ihrerseits mit ihrem Kinderpunsch zuprosteten.

„Ich frage mich, wann du einmal mit diesem Kalauer aufhörst", murmelte Kate und stupste Jasmin in die Seite. Dabei begann deren großes Lebkuchenherz mit der Aufschrift -*Meinem Schatz*- hin und her zu pendeln.

Kate ihrerseits trug ein Lebkuchenherz mit dem Ausspruch -*Ich mag dich*- und obwohl sie sich anfangs dagegen gewehrt hatte, fand sie es doch recht süß von Mike.

Es war ihr erstes gemeinsames Weihnachtsfest als Paar und sie hatten beide etwas Bammel davor.

Dieser Weihnachtsmarktbesuch mit den frischvermählten Ehepaar Omar und Jasmin machte alles etwas ungezwungener, dafür sorgte schon Letztere mit ihrem unverbesserlichen Humor.

„Was habt ihr zwei denn nun zu Weihnachten geplant?"

Scheinbar hatte Jasmin ihre Gedanken gelesen.

Ehe sie antworten konnte, sagte Mike: „Na, an Heiligabend kommt ihr alle zu uns, das war doch so ausgemacht?"

Er sah Omar und Jasmin an, die synchron nickten.

„Und wer ist *alle*?", hakte Omar nach und nahm eine der gebrannten Mandeln aus der Tüte und steckte sie in den Mund.

„Ihr zwei, dann Abby, sie hat ja Semesterferien und laut eigener Aussage null Bock auf Familie und schließlich Steven, wobei ich denke, er kommt zu allererst wegen Abby."

Kate grinste. Auch sie hatte schon bemerkt, dass sich der Computernerd ein bisschen in Annalena „Abby" Heimat verguckt hatte.

„Da wird es ihn wohl hart treffen, dass wahrscheinlich auch Ben rüberkommen will.", ergänzte sie.

„Ben kommt?", rief Jasmin freudig aus.

Sie mochte Kates ehemaligen FBI Partner.

Kate nickte. „Jep, wenn nichts dazwischenkommt, wird er am 23. in München landen. Er will unbedingt mal eine richtige Deutsche Weihnacht miterleben, hat er gesagt."

Omar sah zweifelnd zu ihr herüber.

„Und du willst kochen?", fragte er.

Er hatte in Kates Kochkünste wenig Vertrauen, was allerdings auch gerechtfertigt war. Die ehemalige FBI-Agentin war in vielen Dingen sehr gut, kochen allerdings gehörte definitiv nicht dazu.

Diese schüttelte den Kopf.

„Dafür habe ich schon gesorgt. Lass dich überraschen. Um dich zu beruhigen, du musst dich nicht meinen rudimentär entwickelten Kochkünsten aussetzen."

Während Jasmin und Omar lachten, bemerkte Kate,

wie Mike sich an ihrer Seite anspannte. Sofort ging auch sie in Alarmmodus.

In diesem Moment sprintete Mike los.

„Halt, stehen bleiben, Kriminalpolizei", rief er hinter einer flüchtenden Frau her.

Diese rannte, ohne sich umzusehen, in Richtung Johanniskirche.

Kate kombinierte schnell, dass Mike eine Taschendiebin entdeckt haben musste.

Da diese in der Regel nicht allein arbeiteten, sprintete sie ebenfalls los. Richtig, direkt an der Ecke zum Johanniskirchplatz wollte die fliehende Täterin einem jungen Mann ihre Beute übergeben, als Kate, die Mike überholt hatte, ihre Hand dazwischenschob.

Die Börse fiel zu Boden und der junge Mann wollte eben wegrennen, als Kate ihn am Arm festhielt.

„Schön hiergeblieben", sagte sie und sah aus dem Augenwinkel, dass Mike inzwischen die Frau am Arm festhielt, die sich allerdings verbissen wehrte.

„Hilfe, er tut weh", schrie sie in gebrochenem Deutsch in die sich inzwischen versammelnde Zuschauermenge.

„Kriminalpolizei", keuchte Mike erklärend, als sich zwei junge Männer aus der Menge lösten, scheinbar mit dem Ziel, der Frau zu Hilfe zu eilen.

Zögernd blieben diese stehen.

Kate hatte mit ihrem Schützling keine Probleme.

Wie paralysiert hielt er still, scheinbar merkte er, dass er gegen diese Frau keine wirkliche Chance hatte.

Inzwischen bogen auch Jasmin und, heftig

schnaufend, Omar um die Ecke.

Letzterer sah, dass Mike wirkliche Probleme hatte, die Frau ruhig zu halten, die nicht nur schrie und heftig um sich trat, sondern auch versuchte ihn zu beißen.

Omar packte sie um die Taille und hielt sie einfach in die Luft.

„Ruhe jetzt", sagte er mit seiner tiefen Stimme laut und wirklich, scheinbar schaffte der hünenhafte Pathologe das, was der drahtige Hauptkommissar nicht geschafft hatte. Die Frau hing schlaff in seinen Armen.

In diesem Moment bog ein Streifenwagen um die Ecke und zwei Beamte sprangen heraus.

„Was ist los?", fragte der erste uniformierte Beamte, während der andere sich einen Überblick über die Situation zu verschaffen schien.

Bei Mike blieb sein Blick hängen.

„Guten Abend, Herr Hauptkommissar", sagte er erstaunt und Mike nickte ihm zu.

Dann trat er näher an die beiden heran.

„Taschendiebstahl", sagte er kurz und stellte sich neben Kate, die noch immer den jungen Mann festhielt. Er reichte den beiden Beamten die Geldbörse, die die Täterin bei der Übergabe an ihren Komplizen dank Kate verloren hatte.

Diese nickten. „Na, dann übernehmen wir wohl jetzt", sagte der erste Polizist und lächelte von Kate zu Mike.

Während er von Kate den jungen Mann übernahm,

war der andere zu Omar getreten, der ihm die Frau
wie ein Paket überreichte.

Kate richtete ihre Jacke, schob ihr Lebkuchenherz,
das erstaunlicherweise unversehrt geblieben war, zurecht und begann plötzlich zu lachen.

Jasmin hielt alle vier, inzwischen leeren, Glühweinbecher in der Hand. Diese zuckte die Schulter.

„Hallo, da ist Pfand drauf", sagte sie lakonisch, was
auch die anderen zum Lachen brachte.

Omar legte ihr seinen Arm um die Schulter.

„Ich habe also einen richtig guten Fang gemacht, eine
durch und durch sparsame Frau", frotzelte er, was
sie mit einem Schnauben quittierte.

Plötzlich sah Omar nach oben.

„Wer schmeißt denn da was runter?"

Kate, Mike und Jasmin folgten seinem Blick zum
Turm der Johanniskirche und sahen noch etwas Großes, Weißes in die Tiefe fallen.

„Ein Bettlaken?", dachte Kate noch, als es am Boden
hart aufschlug und hinter ihr eine Frau aufschrie.

Das war kein Bettlaken gewesen, sondern der Körper
eines Menschen.

Kapitel 3

„Sie hatte keine Chance. Nicht bei dieser Höhe",
sagte Omar, der sich über die Tote gebeugt hatte.
Diese trug ein Engelskostüm, ein Kleid mit langen
Ärmeln und hinten angenähten Flügeln aus Kunstfe-
dern. Daher hatte Kate gedacht, es sei ein Bettlaken.
Einer der Flügel hatte sich im Fall gelöst und lag nun
mitten auf dem Johanniskirchplatz, während der andere noch, blutverschmiert und gebrochen, am Körper der Toten klebte.
Inzwischen war nicht nur deutlich mehr Polizei vor
Ort als der Streifenwagen, in dem die beiden Ta-
schendiebe saßen. Auch ein Rettungswagen bog mit
Blaulicht ein, dicht gefolgt vom Notarztwagen und
der Feuerwehr.
Mike, der mit den beiden Polizisten mehr oder wenig
erfolgreich versucht hatte, Schaulustige abzudrängen,
die mit lang gereckten Hälsen oder hochgehaltenen
Smartphones etwas sehen, beziehungsweise fotogra-
fieren oder filmen wollten, wurde jetzt von mehreren
Beamten abgelöst und trat zu Omar, der gerade dem
Notarzt eine kurze Information gab.
Für diesen gab es nicht mehr viel zu tun. Die Spuren-
sicherung würde jetzt ihre Arbeit aufnehmen.
Kate schaute zum Turm hinauf.
„Wer springt denn in einem Engelskostüm von dort
oben runter?", murmelte sie.
Jasmin, die neben ihr stand, schüttelte den Kopf.
„Vielleicht eine Botschaft? Eine religiöse Fanatike-
rin?"

„Weder das eine noch das andere."

Kate blickte erstaunt zu Omar, der sich von dem Notarzt verabschiedet hatte und sich nun, gemeinsam mit Mike, neben sie stellte.

„Diese junge Frau ist Marlen Kirschner, der neue Weihnachtsengel der Stadt, oder vielmehr, sie war es. Also weder ein religiöses Statement noch so etwas in der Art."

Mike sah zu dem weißen Van, aus dem gerade jemand von der Spurensicherung Equipment auslud.

„Ob es überhaupt ein Suizid war, wird sich herausstellen."

Kate blickte wieder nach oben.

„Aber was hat sie dann dort oben gemacht?"

Mike deutete ihnen, etwas mehr Abstand zum Tatort zu halten.

Sie bogen etwas Richtung Pfortengässchen ab, das zwar auch abgesperrt war, aber weder er noch seine Begleiter wurden aufgehalten.

„Sie hat in der Türmerstube Geschichten erzählt, zur Stadt Plauen, zur Kirche und so weiter. Soviel konnte ich bisher herausfinden. Mal schauen, was sich noch ermitteln lässt. Es waren ja sicher noch Besucher oben."

In diesem Moment trat der Notarzt zu Omar.

„Ich habe unter ihrem Kostüm einen Abschiedsbrief gefunden", sagte er, allerdings so laut, dass auch Kate, Jasmin und Mike ihn verstanden.

Letzterer nickte und ging gleich hinüber zur Spurensicherung. Jasmin sah ihm nach, dann schwenkte ihr

Blick zu Kate. „Dann scheint es ja wohl klar zu sein. Eine seltsame Art sich zu suizidieren."

Omar, der Mike gerade folgen wollte, stockte kurz und sah sich um. „Ihr ahnt nicht, wie viele seltsame Arten sich umzubringen es gibt. Aber das wird sich alles weisen. Mit Sicherheit habe ich sie bald auf meinem Tisch."

Er zuckte seine massigen Schultern und trat neben Mike, der gerade den, sorgfältig durch die Spurensicherung eingetüteten, Brief betrachtete.

Kates Blick ging wieder an dem Turm hoch und dann zur Kirchentür, wo die Polizei gerade die Personalien der Besucher aufnahm. Nicht alle von ihnen waren auf dem Turm gewesen, manche hatten einfach nur die älteste Kirche Plauens besucht.

Ein Mann im mittleren Alter kam gerade aus dem Pfarrhaus. Er fragte einen der Polizisten etwas, dieser deutete auf Mike und der Mann nickte. Mit schnellen, ausladenden Schritten eilte er auf diesen zu. Er hielt kurz am inzwischen abgedeckten Leichnam der jungen Frau inne und faltete die Hände, senkte den Kopf und schien ein Gebet zu sprechen.

Dann hob er den Kopf wieder und trat neben Mike. „Herr Hauptkommissar Köhler?"

Mike, der den Brief der Spurensicherung zurückgab, wandte sich ihm zu. „Ja?"

Der Mann streckte ihm die Hand entgegen, die Mike zögerlich ergriff. Er war immer noch im Modus der Kontaktbeschränkung der vergangenen Monate und musste sich, wie viele andere, erst an ein normales

Leben, ohne Beschränkungen und Auflagen, wieder gewöhnen.

„Ruffel, Martin Ruffel, ich bin der Pfarrer hier."

Mike nickte. „Danke das sie gleich hergekommen sind, Herr Pfarrer. Kannten sie die junge Frau?"

Der Pfarrer seufzte etwas. „Ja, Marlen Kirschner, sie ist, entschuldigen sie, ich fasse es immer noch nicht, also sie war Mitglied unserer Gemeinde. Ich habe sie selbst konfirmiert. Ihre Eltern…ich darf gar nicht daran denken."

Mike sah an dem Turm nach oben. „Wissen sie, wie viele Besucher heute da oben waren?"

Der Pfarrer schüttelte den Kopf. „Nein. Aber sie können Frau Hannisch fragen. Sie ist für den Einlass zuständig."

Mike nickte und zog etwas die Schultern nach oben. Es war kalt und hier auf dem Johanniskirchvorplatz fuhr ein eisiger Wind scheinbar ungehindert durch, was die Sache nicht eben angenehmer machte.

„Herr Pfarrer, ich würde sie dann gern noch einmal aufsuchen, wäre das möglich?"

Dieser sah ihn zweifelnd an.

„Herr Hauptkommissar, ich würde dann gern den Eltern von Marlen beistehen. Ich hoffe, es spricht ihrerseits nichts dagegen?"

„Nein, wenn sie möchten, können sie gleich mit mir mitfahren. Es ist sicher gut, wenn ich sie mit vor Ort habe."

Er deutete ihm zu warten und wandte sich wieder an Kate und Jasmin, die in einigem Abstand standen und ebenfalls zu frieren schienen.

„Ich rufe jetzt Marianne Jäger, sie soll schon losfahren. Ich fahre mit Pfarrer Ruffel zu Marlen Kirschners Eltern. Kate, tut mir leid, aber scheinbar wird es später."

Diese machte eine kurze Geste und Mike war wieder einmal froh, eine Frau an seiner Seite zu haben, die für seinen Job nicht nur Verständnis hatte, sondern aus ihrer eigenen, aktiven Zeit beim FBI genau wusste, was jetzt für ihn zu tun blieb. Er sagte noch ein paar Worte zu Omar, dann ging er zusammen mit dem Pfarrer zu einem Polizeiwagen.

Omar trat wieder zu Jasmin und Kate. Letztere sah ihn an. „Was stand denn in dem Abschiedsbrief?"

Omar blies etwas Luft aus.

„Naja, er war ziemlich blutbeschmiert, aber sehr kurz gefasst. *Ich kann nicht mehr, so geht es nicht mehr weiter, verzeih mir, Marlen.* Es könnte auch *verzeiht mir* heißen, das war ziemlich schwer leserlich."

Kate zog fröstelnd die Schultern nach oben.

„Ja, wirklich sehr kurz. Aber das ist schon seltsam. Sie nimmt den Brief mit hoch, macht eine Führung und anschließend stürzt sie sich einfach in die Tiefe?"

Jasmin sah sie mit hochgezogenen Brauen an.

„Woher willst du wissen, dass sie ihn nicht erst oben geschrieben hat?"

Kate schüttelte den Kopf. „Wann soll sie ihn geschrieben haben, während der Führung?"

Sie deutete auf das Kirchenportal, dass weit offenstand und die Besucher, die sich noch im zumindest etwas schützenden Inneren befanden.

Es war wahrscheinlich jene Gruppe, die Marlen Kirschner geführt hatte.

„Dazu war das Zeitfenster zu kurz," sagte sie bestimmt, aber Omar schüttelte den Kopf.

„So kurz wie der Inhalt des Briefes."

Er legte seinen Arm um die Schultern seiner Frau.

„Das soll jetzt erst einmal die Polizei herausfinden."

Jasmin hielt ihre Pfandbecher noch immer in den Händen. „Inzwischen sind meine Hände steif gefroren. Könnten wir diese dämlichen Becher jetzt mal abgeben und dann gehen?"

Omar und Kate nickten und schlugen den Weg zurück zum Weihnachtsmarkt ein, was gar nicht so einfach war, da sie gegen einen ganzen Strom von Schaulustigen ankämpfen mussten. Nachdem Jasmin das Pfandgeld in Empfang genommen hatte, deutete sie in Richtung Rathaus.

„Wollen wir noch etwas essen gehen?"

Kate zuckte leicht die Schulter.

„Ich habe noch etwas zu Hause, also für einen leichten Imbiss würde es noch reichen."

Jasmin nickte und überhörte gekonnt Omars Brummen, der in Kates Kochkünste jeglicher Art wenig Vertrauen hatte.

Die Eltern der 20-jährigen Marlen Kirschner wohnten in einem kleinen Einfamilienhaus im Plauener Preiselpöhl.

Erstaunt sah der große, leicht übergewichtige Mann in den Fünfzigern auf die drei Personen, die vor seiner Haustüre standen, die er auf das Klingeln hin geöffnet hatte.

Sein Blick blieb an der einzig ihm bekannten Person haften.

„Herr Pfarrer Ruffel?", fragte er erstaunt, als Mike seinen Ausweis aus der Tasche zog und sagte:

„Hauptkommissar Köhler, Kripo Plauen. Das ist meine Kollegin, Kommissarin Jäger. Dürfen wir eintreten?"

Der Mann war scheinbar so perplex, dass er nur stumm nach innen deutete und zur Seite trat, um die drei Personen vorbei zu lassen.

„Karsten, wer ist denn da?"

Eine Frauenstimme war zu hören und im gleichen Moment trat eine zierliche, dunkelhaarige Frau, die eine Kochschürze umgebunden hatte, aus einem Raum, mit Sicherheit die Küche, in den Flur.

„Kriminalpolizei und der Herr Pfarrer", stammelte der Angesprochene und seine Frau, die scheinbar schneller wie er die Situation einschätzte, wurde blass und lehnte sich gegen die Wand.

Sie schlug beide Hände vor den Mund und sagte nur, ganz leise: „Oh Gott, oh Gott."

Der Pfarrer, der bisher nur stumm neben Mike gestanden hatte, trat jetzt neben die Frau und legte

18

fürsorglich seinen Arm um sie.

„Kommen sie, Frau Kirschner", sagte er und führte sie ins Wohnzimmer, wo er sie auf das helle Couch setzte und gleich neben ihr Platz nahm.

Ihr Ehemann, der ohne jegliche Regung das eben geschehene beobachtet hatte, ging jetzt auch ins Wohnzimmer und ließ sich in einen Sessel fallen.

Mike und seine Kollegin setzten sich ohne Aufforderung ebenfalls in die anderen Sessel.

Karsten Kirschner sah jetzt Mike an.

„Marlen? Ist irgendetwas mit unserer Tochter passiert?"

Seine Frau stieß einen Laut aus, der eher an ein verwundetes Tier erinnerte und krallte sich geradezu am Arm des Pfarrers fest. Noch ehe Mike antworten konnte, kam ihm der Pfarrer zuvor. „Marlen ist tot, es tut mir so leid."

Marlens Vater achtete nicht auf den Pfarrer, er sah weiterhin Mike an. „Wie?", fragte er tonlos.

„Marlen ist vom Johanniskirchturm gesprungen."

Frau Kirschner stieß einen Schrei aus und kippte zur Seite. Marianne Jäger war aufgesprungen und lief zu ihr. „Frau Kirschner?", rief sie besorgt.

Diese stöhnte leise auf, man sah, wie ihre Lider flackerten. Also keine tiefe Ohnmacht.

Die Kommissarin legte sie, gemeinsam mit Pfarrer Ruffels, auf die Couch und lagerte die Füße mit Hilfe eines der zahlreichen, ziemlich voluminösen, Zierkissen etwas hoch und ging in die Küche, um ein Glas Wasser zu holen. Dieses Treiben, aber auch den

Zustand seiner Frau schien Karsten Kirschner völlig auszublenden.

„Gesprungen? Sie ist gesprungen?", fragte er mit leiser Stimme nach.

„Ja. Hatten sie den Eindruck, dass ihre Tochter Probleme hatte in letzter Zeit? Ist irgend etwas vorgefallen, was sie zu diesem Schritt bewogen haben könnte?"

Sein Gegenüber starrte ihn eine Weile an, dann schüttelte er langsam den Kopf.

„Wollen sie, wollen sie... ich meine, sie glauben, sie ist selbst gesprungen?" Gegen Ende des Satzes wurde seine Stimme deutlich lauter.

Mike sah ihn fest an. „Ja, Herr Kirschner. Ihre Tochter hatte einen Abschiedsbrief bei sich."

„Nein, das würde Marlen nie tun, das nicht. Herr Pfarrer, sagen sie es doch."

Es war die schwache, aber bestimmt klingende Stimme von Marlens Mutter, die sich jetzt, gestützt von Marianne Jäger, langsam wieder aufsetzte und einen hilfesuchenden Blick auf den Pfarrer warf.

Noch ehe dieser etwas erwidern konnte, griff sie nach seiner Hand. „Herr Pfarrer, Marlen würde niemals diese Schuld auf sich laden, das wissen sie doch."

Der Pfarrer, der ihr seine Hand überließ, rutschte jetzt etwas näher an sie heran.

„Aber Frau Kirschner, das hat doch nichts mit Schuld zu tun. Wir wissen nicht, was Marlen zu diesem Schritt bewogen haben könnte, vielleicht war sie verzweifelt und hatte das Gefühl, sich niemand anvertrauen zu können, sie…"

Plötzlich sprang Frau Kirschner auf und stieß die
Hand des Pfarrers geradezu von sich.

Sie starrte ihn mit einem zornigen Blick an. „Wie können sie es wagen? Unsere Marlen würde das nie tun.
Sie konnte sich uns zu jeder Zeit anvertrauen. Warum sagen sie solche Dinge über sie? Warum?"

Ihre Stimme hatte eine solche Höhe und Lautstärke
angenommen, dass sowohl Mike als auch seine Kollegin zusammenzuckten.

„Ich will jetzt zu ihr, sofort."

Mit einem Ruck entledigte sie sich ihrer Kochschürze
und schleuderte sie auf einen Stuhl.

Marianne Jäger hatte sich ebenfalls erhoben.

„Frau Kirschner, das geht jetzt nicht. Bitte, setzen sie
sich wieder…"

Die Angesprochene stürmte ohne Vorwarnung auf
ihren Mann zu und trommelte mit beiden Fäusten
auf dessen Brustkorb ein. „Warum sagst du denn
nichts?", schrie sie ihn dabei an, ohne dass dieser sich
in irgendeiner Form gegen diesen Angriff zur Wehr
setzte und sie nur wortlos anstarrte.

Es war Mike, der Frau Kirschner an den Armen nahm
und zur Couch zurückführte. „Bitte, Frau Kirschner.
Das ist jetzt sehr schwer für sie, aber…"

Jetzt wurde auch Mike das Opfer ihres Schmerzes.
Sie riss sich los und schlug unvermittelt auf ihn ein,
was dieser, anders als ihr Mann, abwehrte. Er hielt
sie fest umklammert, als er sah, dass Marianne Jäger
bereits ihr Smartphone in der Hand hielt, um die

Rettung zu rufen. Ohne eine ärztliche Intervention würden sie hier nicht weiterkommen.

Eine Stunde später saßen sie im Wohnzimmer und tranken Tee, den Pfarrer Ruffel gekocht hatte.

Der eintreffende Notarzt hatte es für besser erachtet, die völlig aus der Fassung geratene Frau Kirschner erst leicht zu sedieren und dann mitzunehmen.

Nachdem wieder etwas Ruhe eingekehrt war, schien sich auch Karsten Kirschner langsam aus seiner Schockstarre zu lösen und nahm einen Schluck von dem heißen, süßen Schwarztee.

Mike, der jetzt wieder neben Marianna Jäger saß, hatte die Zeit genutzt, sich in dem Wohnzimmer etwas umzusehen.

Das Mobiliar war gediegen hochwertig, aber alles, einschließlich der exakt aufgereihten Sofakissen und der diversen Deckchen und Dekogegenstände wirkte etwas bieder und hätte eher zu einem älteren Ehepaar als zu einem Paar um die Fünfzig gepasst.

Auf einem Sideboard standen diverse Fotos, die Marlen in verschiedenen Phasen ihres Lebens abbildeten.

Daneben das Hochzeitsfoto der Eltern und drei Fotos eines kleinen Jungen, einmal als Baby, dann mit vielleicht zwei Jahren, gemeinsam mit der etwa zwölfjährigen Marlen und dann noch einmal ein paar Monate später. Marlen saß auf einem Pony und hatte den Kleinen vor sich im Sattel sitzen. Während sie in die Kamera strahlte, wirkte der Kleine verängstigt und den Tränen nahe. Danach war kein Bild des Jungen mehr zu sehen.

Mike ließ seinen Blick nach oben gleiten.

An der Wand über dem Sideboard hing ein großes Kruzifix und daneben mehrere goldgerahmte Bilder mit, in seinen Augen, kitschigen christlichen Szenen.

Karsten Kirschner war seinen Blicken gefolgt.

„Das ist Manuel, unser Jüngster." Er schluckte hörbar. „Er war es, meine ich. Manuel ist vor sechs Jahren verunglückt."

Mike warf Marianne Jäger einen Blick zu. Kein Wunder, dass Frau Kirschner so reagiert hatte. Erst hatte sie den Sohn und jetzt noch die Tochter verloren.

Wieviel konnte ein Mensch aushalten?

„Herr Kirschner, war Marlen in letzter Zeit verändert?", fragte er jetzt noch einmal die gleiche Frage wie er sie vor einer Stunde gestellt hatte und die bei Marlens Mutter eine so heftige Reaktion ausgelöst hatte.

Herr Kirschner wirkte jetzt, in Abwesenheit seiner Frau, deutlich ruhiger und gefasster.

Er sah von Mike zu dessen Kollegin und schüttelte schließlich den Kopf. „Nein, sie war wie immer. Marlen ist, sie war ein ausgeglichener Mensch, immer hilfsbereit und sehr fleißig." Er verstummte.

Marianne Jäger beugte sich etwas in seine Richtung.

„Sie war der neue Weihnachtsengel der Stadt?"

Er nickte, aber man sah an seiner Körperhaltung, dass ihm das nicht behagte. „Ja, sie wollte es unbedingt. Meine Frau und ich waren davon nicht begeistert." Wieder brach er ab.

23

„Warum?", fragte jetzt Mike.

Karsten Kirschner wog den Kopf leicht hin und her, warf dem Pfarrer, der sich wieder ihm gegenüber hingesetzt hatte, einen kurzen Blick zu und sagte dann sehr leise: „Es kam uns unchristlich vor."

Mike sah schnell zu Pfarrer Ruffel hin. Dieser schüttelte nur kurz den Kopf.

Aha, aus dieser Ecke kam das also nicht.

Karsten Kirschner setzte sich jetzt aufrechter hin.

„Aber Marlen hat sich durchgesetzt. Nun ja."

Damit schien er die Sache abschließen zu wollen.

Mike akzeptierte es, vorläufig.

„Was hat ihre Tochter beruflich gemacht?", fragte er stattdessen.

„Marlen hat ein sehr gutes Abitur abgelegt, aber sie wollte nicht studieren. Sie hängt an ihrer Heimatstadt, an der Gemeinde hier. Der Gedanke ist ihr unerträglich von hier weg zu gehen. Daher hat sie eine Ausbildung zur Textilgestalterin in der Plauener Spitzenbranche begonnen und schließt sie in diesem Jahr ab." Unwillkürlich verfiel er wieder in die Gegenwartsform als er von seiner Tochter sprach.

„Und ihr Freundeskreis?", warf jetzt Marianne Jäger ein.

Karsten Kirschner warf ihr einen Blick zu, der nicht gerade freundlich war. „Ich sagte doch bereits, Frau Kommissarin, Marlen ist sehr stark in der Gemeinde engagiert, dort ist auch ihr Freundeskreis", sagte er schroff, Marianna Jägers Rang besonders betonend.

„Aha, Marianne passt wohl nicht in sein Rollenbild",

dachte Mike und sah zu Pfarrer Ruffel, der in diesem Augenblick die Augen senkte.

Scheinbar war auch ihm diese Botschaft nicht entgangen und er empfand sie zwar als peinlich, aber wohl angesichts der besonderen Situation, in der sich Herr Kirschner befand, als verzeihlich. Auch Mike war gewillt, dass eben gehörte zu ignorieren.

„Marlen lebte noch zu Hause?", fragte er und als Herr Kirschner nickte, ergänzte er: „Dürften wir ihr Zimmer sehen?"

Eine Weile war Stille in dem Raum, dann sah ihn Karsten Kirschner misstrauisch an.

„Haben sie denn einen Durchsuchungsbefehl?", fragte er und Mike lächelte etwas. „Sie meinen einen Durchsuchungsbeschluss und nein, den haben wir nicht. Es war nur eine Frage unsererseits."

Er sah zu Pfarrer Ruffel, der sofort zu verstehen schien. „Herr Kirschner, es ist doch nichts dagegen einzuwenden, wenn die beiden Polizisten einmal in Marlens Zimmer schauen. Ich kann sie gern begleiten, wenn das leichter für sie ist."

Karsten Kirschner schien sich dieser Autorität zu unterwerfen. Er nickte, wenn auch zögernd.

„Gut und sie schauen bitte, dass sie nichts anfassen, nicht wahr, Herr Pfarrer?"

Dieser nickte und Kirschner deutete nach oben.

„Zweite Türe links."

Was immer Mike erwartet hatte, das nicht.

Das Zimmer wirkte minimalistisch bis ins Detail. Ein schmales Bett, ein Nachtschrank, ein Kleiderschrank und ein Schreibtisch, alles im Design eines schwedischen Möbelherstellers. Auf dem Schreibtisch stand ein Laptop, daneben ein Block und ein Kugelschreiber, beides mit dem Logo einer christlichen Freizeiteinrichtung.

Ein kleines Regalbrett beinhaltete ausschließlich Bücher mit christlichem Inhalt, darunter vier verschiedene Bibelausgaben und ein Gesangbuch sowie diverse Losungsbücher. Ein einziges Poster schmückte die Wand. Es zeigte die Rückansicht einer jungen Frau, die hoch in die Luft sprang.

Mit meinem Gott kann ich über Mauern springen.
Psalm 18, 30 stand darunter und Marianne Jäger sog geräuschvoll die Luft ein.

„Das nenne ich ja fast makaber", sagte sie leise und deutete auf das Poster. Mike ging zum Schreibtisch und klappte den Laptop auf. Dann sah er den Pfarrer an, der zwar zögerlich, aber immerhin zustimmend nickte.

Mike schaltete ihn an, das gleiche Bild wie an der Wand erschien.

„Ist das ihr Konfirmationsspruch?", fragte er den Pfarrer, der den Kopf schüttelte. „Nein, daran würde ich mich erinnern, nein, gewiss nicht."

Ansonsten war der Laptop passwortgeschützt.

Seufzend schaltete Mike ihn wieder aus.

Marianne Jäger hatte inzwischen den Kleiderschrank geöffnet und wieder geschlossen. Sie sah ihren Chef an und schüttelte den Kopf.

Gemeinsam verließen sie wieder den Raum.

Auf dem Podest blieb Mike stehen und sah den Pfarrer an. „Ich würde mich gern noch mit ihnen über Marlen unterhalten, weil…"

Pfarrer Ruffel unterbrach ihn mit einer Geste seiner rechten Hand.

„Morgen Vormittag sehr gern, Herr Hauptkommissar. Aber jetzt werde ich für die Familie Kirschner da sein. Verstehen sie das bitte."

Kapitel 4

Kate war daran gewöhnt, dass Mike spät, manchmal gar nicht zu ihr kam. Dann ging er in seine Wohnung, um dort zu duschen und zu schlafen, meistens, wenn er sie spät nicht mehr stören wollte. Also rechnete sie auch heute nicht mit ihm.

Omar und Jasmin hatten sie nach Hause gebracht und sie hatten noch gemeinsam eine Kleinigkeit gegessen. Dann waren die beiden nach Hause gegangen, weil Omar in aller Frühe nach Leipzig fahren musste.

Kate hatte es sich auf der Couch mit einem Buch bequem gemacht und überlegte eben, ob sie nicht ins Bett gehen sollte, als es an der Haustüre klingelte. Scheinbar war der späte Gast reichlich ungeduldig, denn kaum war sie aufgestanden, läutete es wieder.

„Ja doch", murmelte sie und sah in die Überwachungskamera.

„Abby?" Erstaunt sah sie Annalena „Abby" Heimat an, die ohne einen Gruß an ihr vorbei in den Flur stürmte. Dabei brachte sie eine Woge an kalter Luft mit sich.

Erst im Wohnzimmer holte Kate die junge Frau ein, die sich wortlos auf das Couch, auf dem Kate eben noch gesessen hatte, fallen ließ und tief Luft holte.

„Abby?", fragte Kate noch einmal nach und endlich sah diese sie an.

„Marlen Kirschner ist die Tote vom Johanniskirchplatz?", fragte Abby leise.

Kate setzte sich neben sie und nickte. „Ja. Kennst du sie?"

Als Kate Abbys Blick folgte, wie diese auf ihre Teekanne starrte, erhob sie sich, ging in die Küche und holte eine Tasse. Diese goss sie voll und schob sie der jungen Frau hin.

Abby ergriff sie und nahm einen Schluck.

„Marlen ist mit mir in eine Klasse gegangen", sagte sie schließlich, als Kate die Eingangstür hörte.

Mike trat ein und sah verwundert auf Abby. Kate ging auf ihn zu und gab ihm einen Kuss.

Dann deutete sie mit einem Nicken auf Abby.

„Marlen Kirschner und Abby sind in eine Klasse gegangen."

Mike setzte sich in einen Sessel und Kate ging erneut in die Küche, um noch eine Tasse zu holen. Dann setzte sie sich neben Abby auf die Couch.

Diese schüttelte langsam den Kopf. „Ich kann es einfach nicht fassen. Wieso ist sie von diesem Turm gesprungen?"

Mike musterte sie kurz.

„Woher weißt du das?", fragte er, schalt sich aber im gleichen Moment einen Idioten. Es waren genügend Menschen anwesend gewesen und wie zur Bestätigung reichte Abby ihm ihr Smartphone mit einigen gut erkennbaren Bildern und entsprechenden Kommentaren auf Facebook.

„Abby, was kannst du mir über Marlen Kirschner erzählen?", fragte er und diese lehnte sich etwas zurück.

„Naja", begann sie gedehnt. „Marlen gehörte nicht zu meinem engeren Freundeskreis, also früher schon, als wir so zwölf, dreizehn waren. Sie hatte damals immer tolle Ideen und war für alles, selbst die verrücktesten Dinge, zu haben. Aber dann, es muss kurz vor oder nach der Konfirmation gewesen sein, ist das mit ihrem Bruder passiert."

Mike lehnte sich etwas nach vorn.

„Der Unfall?", fragte er nach.

Abby wog den Kopf hin und her.

„Marlen sollte auf ihn aufpassen, wie so oft. Sie hatte für abends Spagetti aufgesetzt, weil sie wusste wann ungefähr ihre Eltern nach Hause kamen. Dann hat sie telefoniert. Manuel, ihr Bruder, ist unbemerkt in die Küche und hat den Topf vom Herd gezogen. Er hatte Verbrühungen dritten Grades und wurde gleich nach Leipzig ausgeflogen. Dort hat er noch eine Woche gelebt, im künstlichen Koma und ist dann an einem Multiorganversagen gestorben."

Mike hörte, wie Kate tief Luft holte.

Abby schüttelte den Kopf. „Es war wirklich ein schrecklicher Unfall, eine Verkettung unglücklichster Umstände, aber Marlen gab sich die Schuld daran. Am Anfang dachten wir, das wird sich irgendwann einmal bessern, aber es wurde immer schlimmer. Ihre Familie, also ihre Eltern, die sich mitschuldig fühlten, weil sie Marlen so oft mit Manuel allein gelassen hatten, flüchteten sich in einer Art religiöse Buße. Von da an war auch Marlen irgendwie verändert. Sie war absolut verschlossen, nahm weder an irgendwelchen

Schulausflügen noch sonstigen Dingen teil. Sie ging nicht mehr mit uns weg, kein Kino, keine Partys, nichts mehr. Sie war nur noch in ihrer Kirchgemeinde aktiv, ihr ganzes Leben drehte sich nur noch darum. Sie wollte auch plötzlich nicht mehr studieren, obwohl sie sehr gute Noten hatte."

Mike nahm vorsichtig einen Schluck Tee, dessen Note nach Zimt und Orange den ganzen Raum beduftete, stellte die Tasse aber sofort wieder zurück und schob sie zur Mitte des Tisches.

Kate musste ein Lächeln unterdrücken. Tee war nun wirklich nicht Mikes Geschmack.

„Habt ihr euch in der letzten Zeit einmal gesehen?", fragte er jetzt Abby.

„Nein, wir hatten fast keinen Kontakt mehr. Aber ich hatte es bei meiner Mutter in einem Flyer gelesen, dass sie der neue Weihnachtsengel von Plauen ist. Ich war auch noch erstaunt darüber, dass sie sich jetzt wieder so…" Sie brach kurz ab und sagte dann: „Wieder diesen Dingen zuwendet. Und ich habe mich auch noch gefreut darüber. Als ich dann gelesen habe, dass sie Führungen in das Türmerstübchen macht, dachte ich auch noch, da gehe ich mal hin. Tja." Sie schwieg und schüttelte den Kopf.

Mike ließ ihr eine Weile Zeit. Dann fragte er: „Kennst du jemand, der ihr nahestand, ich meine als Freundin oder Freund?"

Abby sog tief Luft ein. „Ein Freund? Wohl eher nicht. Überhaupt, wenn, dann war sie nur mit Leuten aus ihrer Gemeinde befreundet."

Sie sah Mike eindringlich an. „Denkst du wirklich, sie hat sich selbst umgebracht?"

Mike überlegte eine Weile, was er ihr sagen sollte. Aber Abby war einmal eine von Kates wertvollsten Mitarbeiterinnen gewesen und auch wenn sie jetzt, auf Anraten von Omar Amri, Psychologie studierte, half sie in den Semesterferien, wie auch jetzt, bei Schulz Security gerne aus. Außerdem war er überzeugt, dass nicht nur Kate sondern auch Omar und Jasmin mit ihr alle neuen Erkenntnisse in diesem Fall teilen würden.

„Wir haben einen Abschiedsbrief bei ihr gefunden. Es legt es zumindest nahe. Aber ich werde bei der Staatsanwaltschaft trotzdem eine Autopsie beantragen."

Abby nickte. „Ja, das übliche Vorgehen."

Dann erhob sie sich langsam. „Ich gehe dann mal wieder, Entschuldigung das ich so einfach hereingestürmt bin, aber irgendwie…"

Sie schüttelte den Kopf und wirkte auf einmal schrecklich jung und verletzlich.

Kate erhob sich ebenfalls und nahm sie spontan in den Arm. „Es ist immer etwas anderes, wenn man selbst in so eine Sache persönlich emotional involviert ist."

Abby nickte und ließ sich von Kate zur Tür führen. Als diese ins Wohnzimmer zurückkehrte, saß Mike noch immer gedankenverloren in seinem Sessel.

Kate setzte sich auf die Armlehne und lehnte sich leicht an seine Schulter. „Und, was denkst du?"

Er zuckte die Schultern. „Ich habe morgen…", er sah
auf seine Armbanduhr. „Vielmehr heute Vormittag
einen Termin bei Pfarrer Ruffel. Ich hoffe, er kann
mir noch etwas über Marlen Kirschner und ihre Rolle
in der Gemeinde erzählen. Und dann warte ich auf
das Autopsieergebnis. Alles in allem…"
Er hielt inne und atmete schließlich aus. „Ich denke,
es war ein Suizid."
Dann erhob er sich. „Gehen wir schlafen", meinte er
und zog Kate mit einem Ruck zu sich heran.

Das Büro von Pfarrer Ruffel war hell und freundlich und kleine, knuffige, knallbunte Holzengel mit hinreißend bemalten Gesichtern standen überall herum.
Als er Mikes Blick bemerkte, sagte er leise: „Mein Hobby, ich sammle diese Holzengel. Sie kommen aus einer kleinen Manufaktur im Erzgebirge und ich kann einfach nicht widerstehen, wenn ich dort vorbeikomme."
Er zuckte etwas hilflos mit den Schultern, was ihn Mike sofort sympathisch machte. Dann deutete er auf ein kleines Stövchen unter dem ein Teelicht brannte.
„Ich habe gerade einen Adventstee gekocht?"
Fragend sah er Mike an, der abwehrend die Hände hob. Inzwischen konnte er wirklich keinen Tee mehr sehen und riechen.
Überall schwappte ihm jetzt dieser Geruch nach Anis, Zimt, Orange und anderen Ingredienzien entgegen, die einen gnadenlosen Angriff auf seine olfaktorischen Sinne zu planen schienen.
Pfarrer Ruffel erriet scheinbar seine Gedanken.
Er erhob sich und schaute zur Tür hinaus in sein Vorzimmer.
„Frau Brandner? Wären sie bitte so gut und würden dem Herrn Hauptkommissar einen Tasse Kaffee bringen? Danke."
Kaum hatte er wieder neben Mike in der bequemen Sitzgruppe Platz genommen, kam eine Mittfünfzigerin mit einer Hochsteckfrisur herein und stellte auf den kleinen Tisch eine Thermoskanne sowie eine Tasse und ein Milchkännchen.

Mike bedankte sich. Als sie wieder allein waren, sah er den Pfarrer auffordernd an, der sich zurücksetzte und aufseufzte.

„Es ist wirklich eine schreckliche Sache. Ich war gestern noch lange bei Karsten Kirschner, um ihm Trost zu spenden, soweit ich das überhaupt konnte. Heute morgen war ich dann bei Melanie Kirschner in der Klinik. Man hat sie auf die Psychiatrie verlegt. Sie ist darüber schrecklich aufgebracht, obwohl ich denke, dass dort die richtigen Fachleute sind. Das habe ich auch versucht ihr klar zu machen, aber ich glaube, ich war nicht sehr erfolgreich dabei. Sie wird sich noch heute selbst entlassen."

Er zuckte etwas hilflos die Achseln und nahm einen Schluck von seinem Tee, während Mike sich eine Tasse Kaffee eingoss.

„Was können sie mir von Marlen erzählen?", fragte dieser schließlich und nachdenklich stellte der Pfarrer seine Tasse zurück auf den Tisch.

„Wissen sie, Herr Hauptkommissar, das habe ich mich gestern Abend und auch heute früh wieder und wieder gefragt. Was wissen wir wirklich voneinander? Was weiß ich von Marlen? Ich meine, außer das, was sie mir gestattete zu sehen?"

Er machte eine Geste mit beiden Händen, die etwas Hilfloses hatte. Dann besann er sich wohl darauf, dass sein Gegenüber mehr an Fakten als an philosophischen Betrachtungen interessiert war und setzte sich etwas aufrechter in seinen Sessel.

„Die Familie Kirschner ist schon seit ich vor fünfzehn

Jahren nach Plauen gekommen bin, Mitglieder der Kirchgemeinde. Damals keine sehr aktiven Mitglieder, aber durch meine Vorgänger wusste ich, dass sie hier in der Kirche geheiratet und Marlen auch taufen lassen haben. Den kleinen Manuel habe ich selbst getauft. Marlen ging hier in die Christenlehre, später auch in die Konfirmandenstunde. Sie war ein hübsches, intelligentes und sehr selbstbewusstes Mädchen."

Er lächelte etwas. „Wissen sie, Herr Hauptkommissar, sie wirkte immer so, als sei sie mit sich und der Welt im reinen. Etwas, was man ja bei Teenagern nicht so häufig hat. Ihr Weg schien irgendwie vorgezeichnet. Eine sehr gute Schülerin, sie wollte studieren. Irgend etwas in die künstlerische Richtung. Design oder ähnliches. Sie war ja sehr kreativ und malte ausgezeichnet."

„Ach? Davon haben wir in ihrem Zimmer aber nichts gesehen", unterbrach Mike ihn spontan.

Pfarrer Ruffel nickte traurig.

„Das war auch alles vor Manuels Unfall. Wissen sie, es steht mir eigentlich nicht zu, so darüber zu urteilen, aber ich denke, Marlen fühlte sich etwas zurückgesetzt seit Manuels Geburt. Er war scheinbar der kleine Prinz der Familie dem sich alles unterzuordnen hatte. Jedenfalls hat das Marlen einige Male angedeutet. Die Kirschners waren ja beide mit ihrer Firma selbständig. Herr Kirschner als Architekt, seine Frau als Gartenbauarchitektin. Sie waren sehr eingespannt in ihre Arbeit, oft bis spät abends, auch an den

Wochenenden. Man sagt wohl nicht umsonst selbst und ständig? Jedenfalls war Marlen an manchen Tagen ganz für die Versorgung Manuels zuständig, ein knapp vierzehnjähriges Mädchen. Und dann kam es zu diesem schrecklichen Unfall. Es war genau vierzehn Tage nach Marlens Konfirmation. Der Kleine verbrühte sich so schwer, dass er an den Folgen starb. Danach veränderte sich alles."

Mike schenkte sich Kaffee nach. „Gaben die Kirschners Marlen die Schuld an dem Unfall?"

Der Pfarrer wog den Kopf hin und her. „Offiziell nicht, aber ich denke, tief in ihrem Inneren schon. Marlen hatte mit einer Freundin telefoniert, als der Kleine den Spagettitopf vom Herd zog. Sie hatte nicht aufgepasst." Er malte Ausrufezeichen in die Luft.

„Und dann?", fragte Mike nach.

Der Pfarrer schüttelte traurig den Kopf. „Wie ich schon sagte, danach änderte sich alles. Bis dahin waren die Kirschners keine sehr aktiven Gemeindemitglieder, jetzt schon. Die Kirschners gaben ihre Firma auf, Frau Kirschner blieb ganz zu Hause als Hausfrau und widmete sich nun ganz ihrer Familie und der Gemeinde. Sie ist im Kirchenvorstand und auch sonst sehr aktiv."

Mike hörte eine kleine, kritische Nuance heraus. Er sah den Pfarrer auffordernd an, bis dieser den Blick senkte. „Es hört sich wahrscheinlich etwas…" Er brach ab.

Mike schüttelte den Kopf. „Herr Pfarrer, ich sammle

Informationen und wäre ihnen sehr dankbar, wenn sie mir diese geben würden, soweit sie dies können. Bitte."

Der Pfarrer nickte. „Also gut. Frau Kirschner hat sich im Kirchenvorstand nicht nur Freunde gemacht. Mit ihrer sehr … konservativen Art stößt sie nicht selten andere Mitglieder vor den Kopf. Vor zwei Jahren wollten die Kirschners sogar unsere Gemeinde verlassen, weil sie ihnen zu wenig gottesfürchtig erschien, wenn ich sie einmal zitieren darf. Es hat mich ziemliche Anstrengung gekostet, sie von diesem Plan abzuhalten. Verstehen sie mich richtig, Herr Hauptkommissar. Sie sind wertvolle Gemeindemitglieder und vorbildliche Christen", versuchte der Pfarrer scheinbar seine Aussage zu neutralisieren.

Mike nickte. Also waren die Kirschners zu richtigen „Hardcorechristen", wie Mike das zu nennen pflegte, mutiert.

„Und Marlen?", kam er wieder auf sein eigentliches Anliegen zu sprechen.

Pfarrer Ruffel schenkte sich betont langsam, scheinbar um seine Gedanken besser ordnen zu können, Tee nach und lehnte sich wieder zurück.

„Marlen war wie ausgewechselt. Aus dem heiteren, optimistischen Teenager wurde eine introvertierte junge Frau. Ich glaube auch, dass sie außerhalb der Gemeinde keine Kontakte mehr hatte, also ich meine engere Kontakte. Und sogar hier."

Er zuckte die Schultern. „Das meinte ich vorhin. Was ließ sie uns wirklich sehen von ihren Zweifeln und

Nöten?"

Mike sah ihn an. „Haben sie sie darauf angesprochen?"

Der Pfarrer lächelte traurig. „Was glauben sie wohl, Herr Hauptkommissar? Ich bin auch Seelsorger für meine Gemeindemitglieder. Natürlich habe ich sie öfter angesprochen, Gespräche mit ihr geführt."

„Was können sie mir darüber erzählen?", fragte Mike und gab sich Mühe, nicht zu ungeduldig zu klingen. Natürlich unterlagen diese vertraulichen Gespräche der Geheimhaltung, ähnlich dem Beichtgeheimnis. Daher würde nur der Pfarrer darüber entscheiden, was und wieviel er Mike erzählte.

Pfarrer Ruffel atmetet tief ein, dann sah er Mike an. „Ich glaube nicht, dass Marlen mir wirklich erzählt hat, was sie bewegte. Sie ist mir in dieser Hinsicht immer ausgewichen. Aber eines kann und darf ich ihnen mit Bestimmtheit sagen. Sie hat nie, wirklich nie, suizidale Andeutungen gemacht."

Mike nickte. „Und die Sache mit dem Weihnachtsengel?", fragte er nach.

Der Pfarrer lächelte und deutete auf seine Sammlung der bunten Engel.

„Marlen hat sie immer sehr bewundert, sie mochte Engel. Ich muss ihnen sagen, ich habe mich darüber gefreut, als sie sich für die Rolle des Weihnachtsengels beworben hat und sogar angenommen wurde. Ich habe sie darin bestärkt, obwohl es ihren Eltern ja nicht recht war, wie sie gestern gehört haben."

Er schüttelte leicht den Kopf. „Ich hatte sogar den

Eindruck, seitdem ging es ihr etwas besser, sie war wieder..." Scheinbar suchte er nach dem richtigen Wort.

„Zugänglicher?", warf Mike ein und der Pfarrer nickte. „Ja, zugänglicher. Das ist es."

Mike erhob sich. „Ich würde mich jetzt noch gern mit Frau Hannisch unterhalten, wenn das möglich wäre. Zwar haben meine Kollegen sie schon befragt, aber ich mache mir gern mein eigenes Bild."

Der Pfarrer nickte verständnisvoll.

„Sie ist seit einer Stunde drüben in der Kirche. Ich bringe sie rüber, wenn sie möchten."

Mike schüttelte den Kopf.

„Ich habe sie schon lange genug von ihrer Arbeit abgehalten. Danke, Herr Pfarrer, für ihr Offenheit."

Johanna Hannisch war, laut ihrem Ausweis, zwei-
undsiebzig Jahre und hatte ein erstaunlich falten-
freies Gesicht. Überhaupt wirkte sie deutlich jünger
und sehr agil. Ihr fester Händedruck ließ auf eine
durchsetzungsfähige Persönlichkeit schließen.
Sie setzte sich mit Mike an den Tisch, der am Aufgang zum Turm stand und gab ihm damit gleich einen Überblick zu den Räumlichkeiten.
Mike hatte bereits am Morgen die Vernehmungspro-
tokolle der Kollegen vor Ort gelesen.
Die Führung, die Marlen Kirschner geleitet hatte, war
mit fünfzehn Personen voll ausgebucht gewesen. Von
allen fünfzehn Personen hatten sie die Adressen sowie eine kurze Aussage des gestrigen Abends.
Die Führung hatte 17.00 Uhr direkt hier in der Kirche
begonnen. Frau Hannisch hatte die Karten kontrolliert, die alle Teilnehmer im Vorverkauf erworben
hatten.
„Marlen hat sie hier in Empfang genommen. Sie hat
erst etwas zur Kirche erzählt und dann ist sie mit
ihnen nach oben gegangen, das war genau 17.15
Uhr." Frau Hannisch deutete auf die kleine Tür.
„Und dann?", fragte Mike nach.
„Ist sie mit ihnen in das Türmerzimmer gegangen
und hat dort weitererzählt, über die Aufgaben eines
Türmers, wann es den letzten seiner Zunft in Plauen
gab und so weiter. Dann konnte, wer wollte, noch auf
die Plattform gehen. Das tun die meisten, weil der
Ausblick so herrlich ist, besonders jetzt mit Blick auf
den Weihnachtsmarkt. Dann sind alle wieder nach

unten gekommen, die einen eher, die anderen später. Aber ich zähle immer genau, nicht das mal noch jemand oben bleibt. 18.15 Uhr waren alle wieder unten angekommen, außer Marlen. Aber das war nichts Ungewöhnliches. Sie räumte oft noch etwas auf, wenn zum Beispiel Teilnehmer im Türmerzimmer etwas in die Hand genommen und dann an einen anderen Platz gelegt haben. Sie ist da sehr eigen…"

Frau Hannisch stockte. „Ich meine, sie war sehr eigen", sagte sie leise und schüttelte den Kopf.

„Ich kann es immer noch nicht fassen."

Mike ließ ihr Zeit sich zu fangen. Bisher hatte Frau Hannisch alles genau so erzählt wie seinen Kollegen in der ersten Befragung.

Er bewunderte ihre Art, alles sehr chronologisch und sogar zeitlich fast punktgenau wieder zu geben.

„Ist ihnen an Marlen irgendetwas aufgefallen? War sie anders als sonst?"

Wieder schüttelte Frau Hannisch ihren modern geschnittenen Bubikopf.

„Nein, es war alles wie immer. Erst als die Leute draußen aufgeschrien haben bin ich zur Tür gerannt und da sah ich…" Sie brach ab.

Mike erhob sich. „Danke Frau Hannisch, dass sie extra wegen mir heute Vormittag nochmals hier hergekommen sind."

Sie winkte nur ab. „Das ist doch selbstverständlich. Außerdem wollte ich sowieso noch etwas aufräumen. Der Turm selbst ist ja noch gesperrt."

Sie deutete zu der kleinen Holztür, die noch das

Siegel trug.

Mike nickte. „Ja, die Spurensicherung ist noch bei der Arbeit."

Sie hob beide Hände. „Aber das ist doch klar. Außerdem war es auch gut so. Wäre ich heute nicht noch einmal da gewesen, wären vielleicht alle Leitungen eingefroren." Sie deutete in den schmalen Gang.

„Da hat doch jemand von ihren Leuten das Toilettenfenster über Nacht aufgelassen. Nur gut, dass es nicht zu kalt war. Erst für heute Nacht haben sie wieder strengeren Frost angesagt."

Ihre Stimme klang tadelnd und sie sah Mike mit hochgezogenen Brauen an.

„Woher…", fragte er, wurde aber sofort von ihr unterbrochen.

„Weil ich immer, und wenn ich immer sage, meine ich immer, als Letztes meine Runde mache, um zu schauen ob wirklich alles verschlossen ist. Auch gestern. Ich musste ja auf Marlen warten, also machte ich meine Runde und dazu gehört es auch, die Toiletten zu kontrollieren. Ich war gerade fertig, als ich die Schreie auf dem Kirchplatz hörte und bin rausgelaufen. Als ich zurückkam, war bereits die Polizei in der Kirche. Sie haben nur noch meine Personalien aufgenommen und haben sich von mir den Verlauf des Abends schildern lassen. Dann bin ich gegangen. Nach mir waren nur noch die Polizisten hier drin."

Mike machte sich eine kurze Notiz.

Er bedankte sich nochmals und wandte sich ab.

Als er schon nach vorn, in Richtung Altar ging,

43

stoppte er und sah zurück.

„Gestatten sie mir noch eine persönliche Frage, Frau Hannisch?"

Als diese nickte, fragte er: „Was haben sie eigentlich einmal beruflich gemacht?"

Ein verschmitztes Lächeln erschien auf ihrem Gesicht.

„Lehrerin, wieso? Merkt man das?"

Mike schien es geraten, dass nicht zu beantworten.

Er lächelte nur unverbindlich und verließ die Kirche.

Wie es nicht anders zu erwarten war, hatte der Staatsanwalt umgehend Mikes Antrag entsprochen und die sterblichen Überreste von Marlen Kirschner zur Autopsie freigegeben.

Omar hatte sich, nachdem er von Leipzig zurückgekehrt war, sofort an die Arbeit gemacht und saß nun, wie so oft, mit Mike in seinem Büro bei einer Kanne Kaffee und der Hauptkommissar konnte wieder einmal die schönen Blumenbilder an den Wänden betrachten. Sie strahlen soviel Frische und Energie aus, dass man sie an einem solchen Ort wohl kaum vermuten würde.

Er empfand es auch wohltuend, dass Omar, anders als sein Vorgänger, nicht auf der unmittelbaren Anwesenheit das leitenden Kriminalbeamten bei der Autopsie bestand. Diese führte er in der Regel mit seiner Assistentin durch und besprach dann mit Mike die Ergebnisse in diesem ungleich angenehmeren Ambiente.

Jetzt legte er sich seine Computerausdrucke zurecht und sah Mike an. „Also, bisher habe ich noch keine Hinweise auf Fremdverschulden gefunden."

Mike nickte. „Ich denke auch, dass wir es hier mit einem klassischen Suizid zu tun haben, so tragisch das auch ist."

Omar hob die Hand.

„Immer langsam mit den jungen Pferden, Herr Hauptkommissar. Erstens ist das toxikologische Gutachten noch nicht da, das dauert dieses Mal etwas länger, da ich die Proben wegschicken musste und ein fraglicher Suizid keine Priorität A hat."

Mike zuckte mit den Achseln. „Glaube mir, da wird auch nichts anderes herauskommen. Aber wenigstens könne wir dann die Akte sauber schließen."

Er griff nach der Kaffeekanne, zögerte dann aber und sah den Pathologen an. „Du sagtest erstens, was ist zweitens?"

Dieser lehnte sich zurück. „Zweitens. Marlen Kirschner war schwanger, im dritten Monat."

Mike setzte die Kaffeekanne ab. „Aber deswegen bringt sich doch heute niemand mehr um. Ich meine, wir leben im 21. Jahrhundert und…"

Omar hob die Hand. „Sicher, sicher. Aber wenn die Familie wirklich so streng religiös ist? Vielleicht war der Vater ein verheirateter Mann und die junge Frau sah keinen anderen Ausweg mehr für sich?"

Mike dachte nach.

Nach allem, was ihm Pfarrer Ruffel erzählt und er selbst im Haus der Kirschners gesehen hatte, war es vielleicht nicht ganz von der Hand zu weisen, dass Marlens Suizid etwas mit ihrer Schwangerschaft zu tun haben könnte.

„Vielleicht liegst du gar nicht so falsch", sagte er zu Omar und goss sich jetzt doch eine Tasse Kaffee ein. „Es ist eigentlich eine Tragik, wenn das wirklich der Grund wäre."

Dieser nickte. „Und leider werden wir es nie erfahren. Also, ich schicke dir den Bericht wie immer zu und das toxikologische Gutachten auch, wann immer es auch kommen mag."

„Du glaubst wirklich, dass es ein Suizid war?"
Kate war aufgestanden und nahm eine Kerze vom
Sims über dem Kamin. Sie wollte sie gerade anzün-
den, als sich Mike im Sessel etwas nach hinten fallen
ließ.
„Oh, bitte nicht. Das ist doch wieder irgendetwas mit
Weihnachtsduft."
Kate runzelte die Stirn, stellte die Kerze aber wieder
zurück.
„Was hast du nur gegen etwas Weihnachtsduft?
Diese Kerze habe ich extra im Bioladen gekauft, also
keine chemischen, sondern rein ätherische Öle."
Mike winkte ab.
„Ob Chemie oder keine Chemie, das ist ein Angriff
auf meine Geruchsnerven. Sogar im Präsidium hat
Marianne Jäger jetzt eine Duftlampe mit Weih-
nachtsöl aufgestellt, es ist nicht mehr zum Aushalten.
Weihnachtskerzen, Weihnachtstee, überall werde ich
davon verfolgt."
Kate musste lachen. Selten hatte sie erlebt, das Mike
seinem Unmut so vehement kundtat. Das musste ihn
wirklich sehr aufregen.
„Bist du etwas ein Weihnachtsmuffel?", fragte sie
nach, was ihr lediglich einen scheelen Blick ein-
brachte.
Sie ließ es auf sich beruhen und wandte sich ihrem
ursprünglichen Thema zu.
„Du glaubst also wirklich, sie hat sich umgebracht?"
Mike zuckte die Achseln.
„Ich weiß es nicht und wie Omar es so treffend sagte,

wir werden es wohl nie erfahren. Er konnte jedenfalls keine Fremdeinwirkung feststellen und jetzt steht nur noch das toxikologische Gutachten aus. Und sogar da, wer sagt uns nicht, dass sie nicht vorher irgend etwas sedierendes eingenommen hat, um es sich nicht im letzten Moment anders zu überlegen."

Obwohl Kate irgendwie ein komisches Gefühl bei der Sache hatte, konnte sie Mikes Argumenten folgen. Alles deutete wirklich auf einen Suizid hin, so tragisch es auch war.

Mike sah sie an. „Und wie läuft es bei euch?"

Sie setzte sich zu ihm und nickte.

„Es läuft wieder. Ich hatte mit größeren Startschwierigkeiten gerechnet. Aber wir haben schon wieder reichlich Aufträge. Der Personenschutz ist bereits wieder auf dem Stand wie vor dem Virus. Im Übrigen habe ich morgen ein Einstellungsgespräch. Abby hat mir eine neue Mitarbeiterin für den Empfang vermittelt. Diese Sandy war ja wirklich eine mittlere Katastrophe, auch wenn ich immer gehofft hatte, sie würde sich noch mausern, aber Abby hat recht, lieber ein Ende mit Schrecken als ein Schrecken ohne Ende."

Mike lachte.

„Du hast ja tolle Weisheiten neuerdings auf Lager."

Sie grinste zurück.

„Das ist Abbys Einfluss. Auch wenn sie genau das Richtige gemacht und mit dem Studium begonnen hat, vermisse ich sie doch die meiste Zeit."

„Naja, in den Semesterferien ist sie ja da und

sammelt praktische Erfahrungen, wie sie das so schön begründet", sagte Mike und beugte sich zu ihr hinüber.

Sie kam ihm auf halben Weg entgegen.

„Wie ich sehe, bist du auch an ein paar praktischen Erfahrungen interessiert", sagte sie leise und küsste ihn.

„Und damit stellt die Polizei einfach die Ermittlungen ein?"

Annalena „Abby" Heimats Gesicht hatte eine dunkelrote Färbung angenommen, etwas, was Kate noch nie bei ihr gesehen hatte.

„Wenn aber doch alles für einen Suizid spricht?", wandte Kate ein.

Abby funkelte sie an. „Das stinkt doch zum Himmel. Sie war streng religiös, sie hätte sich doch nicht einfach so mir nichts, dir nichts umgebracht."

Kate hatte nicht übel Lust ihr zu widersprechen, aber auch sie hatte irgendwie ein ungutes Gefühl bei der Sache. Aber Gefühle zählten bei Ermittlungen wenig, hier ging es um Fakten.

Immerhin kannte Abby Marlen Kirchner seit Jahren, auch wenn sie sich länger nicht gesehen hatten. Vielleicht war wirklich etwas faul.

Kate sah Abby an. „Du meinst also, wir sollten uns die Sache etwas genauer ansehen?"

Diese erwiderte ihren Blick. „Meinst du wirklich?" Ihre Stimme klang zweifelnd.

Kate nickte entschlossen. „Warum nicht? Vielleicht bekommt Omar noch etwas über das toxikologische Gutachten heraus, aber das kann dauern. Sollte sich dann herausstellten, dass es doch kein Suizid war, könnten wir immer noch unsere bisher gesammelten Erkenntnisse der Polizei übergaben."

Abby nickte geradezu übereifrig. „Wenn du dich entschließt, Romy einzustellen, dann könnte ich, neben ihrer Einarbeitung selbstverständlich, mich auf unseren Fall konzentrieren."

Kate hob die Hand.

„Immer langsam meine Liebe. Aber ich würde mich wirklich freuen, wenn das mit Romy klappen würde. Du hast sie ja in den höchsten Tönen gelobt."

Abby zuckte lakonisch mit ihren schmalen Schultern.

„Also, schlimmer als mit dieser Sandy kann es ja wohl kaum werden. Außerdem ist Romy wirklich top. Sie kapiert unwahrscheinlich schnell und ist selbständige Arbeit gewöhnt. Das die Firma ihres Vaters durch den Virus so in Schieflage geraten ist, konnte ja keiner ahnen."

Kate nickte. Sie hatte inzwischen ein paar Erkundigungen eingeholt und alles, was Abby ihr erzählte, beziehungsweise was Romy Sommer in ihrem Lebenslauf angegeben hatte, stimmte.

„Also gut, warten wir ab", beendete Kate dieses Thema, als es, wie auf Kommando, läutete.

Abby sprang auf und rannte geradezu zur Tür.

Sie kam mit einer mittelgroßen, schlanken jungen Frau zurück, die neben der wie immer hipp gekleideten Abby mit ihrer dunkelbraunen Winterjacke und den Jeans, die sie in hellbraune Boots hineingestopft hatte, geradezu bieder wirkte.

Mit einem strahlenden, aber schüchternen Lächeln, trat sie auf Kate zu und steckte ihr die Hand entgegen. „Frau Schulz? Ich bin Romy Sommer."

Kate erhob sich und ergriff die Hand.

„Hallo", sagte sie und sah Abby auffordernd an.

Diese drehte hinter Romys Rücken die Augen nach oben und schloss die Tür hinter sich. Kate wies auf einen Sessel und setzte sich neben Romy.

Nach einer halben Stunde eines angeregten Gespräches erhob sich Kate und schüttelte der jungen Frau die Hand.

„Also sind wir uns einig?"

Diese nickte mit einem Leuchten in den hellblauen Augen.

„Gut, Romy", sagte Kate und lächelte sie an. „Im übrigen duzen wir uns alle hier, ich hoffe das ist kein Problem für dich?"

Irgendwie war es Kate schleierhaft, wie sie die Ermittlungen aufnehmen sollte, zumal sie dies auch erst noch vor Mike geheim halten wollte. Fast musste sie über diesen Gedanken lachen.

Was hieß eigentlich geheim halten? Offiziell galt, zumindest nach derzeitigem Stand, Marlen Kirschners Tod als Suizid. Also musste sie nicht damit rechnen, dass sie Mike oder der Polizei im Ganzen irgendwie in die Quere kam.

Die Spurensicherung war abgeschlossen, der Turm der Johanniskirche wieder freigegeben. Die Führungen würden allerdings in diesem Jahr ausfallen.

Kate beschloss, erst einmal etwas mehr über Marlen und über die gesamte Familie Kirschner herauszubekommen. Aus diesem Grund bat sie Steven Neubauer, ihren IT- Spezialisten, um alles, was er über die Familie herausfinden konnte.

An diesem Nachmittag fuhr sie in Stevens Wohnung im Plauener Westend. Er öffnete ihr in T-Shirt und kurzer Hose und Kate bemerkte auch sofort, warum. Trotz der eisigen Kälte, die Plauen seit ein paar Tagen fest im Griff zu haben schien, war es in Stevens Wohnräumen angenehm warm. Sie schlüpfte aus Stiefeln und Jacke und machte es sich in seinem Wohnzimmer bequem.

Durch die schmale Balkontür konnte sie über die Dächer der Stadt blicken. Um diese Lage beneidete sie ihn fast ein wenig.

Er nahm seinen Laptop und setzte sich zu ihr.

„Also, sehr viel habe ich auf die Schnelle ja nicht

herausgefunden, aber Marlens Mutter müsste dir, zumindest den Namen nach, etwas sagen."

Kate sah ihn erstaunt an.

„Wieso?", fragte sie.

„Du hast doch in der damaligen DDR gelebt? Also, sie war Kader für die olympischen Spiele 1988 in Seoul. Melanie Sandner, sagt dir das etwas?"

Kate dachte eine Weile angestrengt nach, dann nickte sie. „Ja, da regt sich etwas. War das nicht die Turnerin, die den tragischen Unfall hatte?"

Steven sah von seinem Laptop auf.

„Richtig. Melanie Sandner galt als die Goldkandidatin für Seoul. Zwei Tage vor der Abreise aus der DDR wurde sie von einem Auto angefahren, laut einer Zeugenaussage von einem dunkelgrünen Ford mit westdeutschem Kennzeichen. Der Fahrer beging Fahrerflucht, Melanie blieb mit diversen Frakturen am Unfallort liegen. Der Traum von Olympia war damit ausgeträumt. Das Ganze wurde gleich politisch ausgeschlachtet, der Klassenfeind hätte diese Favoritin gezielt ausgeschaltet. Melanie Sandner hat sich übrigens zu diesen Vorwürfen nie in irgendeiner Form geäußert. Sie wurde über ein Jahr in diversen Rehaeinrichtungen behandelt. Dann kam auch die Wende. Sie ist nicht mehr in den Leistungssport zurückgekehrt und hat dann Gartenbauarchitektur studiert. An der Uni lernte sie ihren Mann kennen. Sie haben sich nach dem Studium mit einer eigenen Firma in ihrer beiden Heimatstadt Plauen niedergelassen. Er als Architekt und sie als Gartenbau-

architektin. Damit müssen sie wirklich richtig erfolgreich gewesen sein. Melanie wurde noch während
des Studiums geboren. Sie ging hier in Plauen aufs
Gymnasium und wie du ja schon weißt, in Abbys
Klasse. Ich habe sogar ein paar Fotos von damals gefunden."

Er drehte seinen Laptop und Kate sah in die strahlenden Gesichter mehrerer junger Leute, unter denen sie
unschwer Abby als auch Marlen Kirschner ausma-
chen konnte. Marlen schien damals wirklich ein sorg-
loser, heiterer Teenager gewesen zu sein.

Steven zog den Laptop wieder zu sich heran.

„Dann wurde Manuel geboren, er scheint so der typi-
sche Nachzügler gewesen zu sein. Zwei Wochen
nach Marlens Konfirmation verbrühte sich ihr Bruder
und starb an den Folgen. Damit schien wirklich alles
Unglück seinen Anfang zu nehmen, wenn ich das
mal so ausdrücken soll. Die Kirschners gaben ihre
Firma auf, obwohl sie nachweislich schwarze Zahlen
schrieb. Melanie Kirschner war nur noch Hausfrau,
brachte und bringt sich allerdings sehr aktiv in die
Kirchgemeinde ein. Im Kirchenblatt und auf der
Homepage der Gemeinde taucht ihr Name in schöner
Regelmäßigkeit auf. Nicht nur ihr Name, auch
Marlens und der ihres Vaters, der im Übrigen einen,
nicht gerade üppig bezahlten, Posten als Bauleiter in
einer kleinen Firma inne hat. Kurzum, der Tod des
Kleinen schien die gesamte Familie aus der Bahn geworfen zu haben. Marlen hat auch auf ihr Studium
verzichtet. Dabei hatte sie scheinbar nicht nur das

Talent, sondern auch die Noten dazu. Sie hat schließlich eine Ausbildung in der hiesigen Textilbranche absolviert, absolut unter ihrem Niveau, wenn du mich fragst."

Steven klappte den Laptop zu.

„Das ist alles, was ich auf die Schnelle herausfinden konnte", meinte er schulterzuckend.

Kate erhob sich und lächelte auf ihn herunter.

„Das ist doch schon mal was. Wenn ich jetzt wüsste, wo ich anfangen soll…"

Steven lächelte sie schelmisch an.

„Nun ja, das Wichtigste habe ich mir bis zum Schluss aufgehoben. Sozusagen als Pointe", sagte er gedehnt.

„Frag mich bitte nicht, wie ich es herausgefunden habe, aber Marlen war im dritten Monat schwanger."

Kate ließ sich in den Sessel zurückfallen, von dem sie sich gerade erhoben hatte.

„Du hast dich in Omars Akten eingehackt?", fragte sie ungläubig, aber Steven sah sie nur mit einem unschuldigen Gesichtsausdruck an.

„Ich habe dir gesagt, frage mich bitte nicht, oder?"

Sie schüttelte nur den Kopf.

Kate hatte, ganz Mikes Wunsch entsprechend, auf jede Art der Beduftung verzichtet. Die Kerze, die brannte, war schlicht rot und ohne aromatische Öle. Ebenso stand eine Kanne Kaffee bereit und kein Tee mit Zimt und anderen Gewürzen.

Diese Art, den Advent zu begehen, hatte Kate bisher nicht gekannt.

In ihrer Kindheit hatte es weder Duftkerzen noch Tee mit Weihnachtsgewürzen gegeben. Sie glaubte auch nicht, dass ihre Mutter jemals eine solche Kerze angezündet hätte. Erst als sie nach Deutschland zurückgekehrt war, hatte Kate das bei Omar und Jasmin, beide große Verfechter jeglicher Art von Beduftungen und Gewürzen kennengelernt und Jasmin war ein richtiggehender Weihnachtsfan.

Es gab keinen Ort in ihrer gesamten Wohnung der nicht weihnachtlich dekoriert war, wobei es sich nicht um die teils heftig kitschigen Dekoartikel handelte, die Kate aus Amerika kannte, sondern um geschmackvolle, meist einheimische Produkte.

In einer wunderbaren erzgebirgischen Holzmanufaktur hatte Kate, dank Jasmins kompetenter Beratung, einige Stücke für ihr Haus erstanden, deren Preise wirklich exorbitant waren und dem Besitzer ein breites Lächeln auf sein Gesicht gezaubert hatte.

So drehte sich jetzt eine über einen Meter hohe Pyramide mit Figuren aus der Weihnachtsgeschichte in Kates Wohnzimmer.

Ein echter Herrnhuter Adventsstern hing im Alkoven und einige Engel spielten auf diversen Instrumenten in einer imaginären Weihnachtskulisse.

Mike hatte das Ensemble schweigend gemustert und dann leicht die Augenbrauen nach oben gezogen.

„Gefällt es dir nicht?", fragte Kate direkt und schenkte ihm Kaffee ein, während er sich setzte. Lächelnd nahm er die Tasse.

„Ich bin ja schon froh, dass du nicht wieder einen olfaktorischen Angriff auf meine Geruchsrezeptoren geplant hast", sagte er scherzhaft und nahm einen Schluck Kaffee.

Als er aufsah, blickte Kate ihn wartend an. Seufzend stellte er die Tasse ab und ließ seinen Blick schweifen.

„Das war bestimmt nicht gerade preiswert", sagte er, stockte aber im gleichen Moment.

Kate lächelte etwas.

„Nein, war es nicht. Nichts davon ist Made in Taiwan, sondern echt aus dem Erzgebirge, inklusive Zertifikat. Aber ich denke, ich kann mir das schon leisten? Oder?"

Jetzt zog sie die Brauen nach oben und Mike schimpfte sich selbst einen Idioten. Diese Preisdiskussion ließ ihn wie einen kleinlichen Lebenspartner klingen, der die Ausgaben seiner Frau kontrollieren wollte. Ihm blieb nur noch die Chance, die Sache in eine andere Richtung zu drehen.

„Ich bin nur erstaunt, dass du auf so etwas stehst."

Kate starrte ihn noch immer unverwandt an, das konnte sie wirklich bis zur Perfektion.

„Ich meine, dass du auf Weihnachten und Deko und solche Sachen stehst…"

Er verstummte. Nein, es wurde nur noch schlimmer, ganz gleich was er noch sagte. Es war ihr erstes gemeinsames Weihnachtsfest und er Idiot begann, es so langsam, aber sicher, zu demontieren.

Kate setzte sich neben ihn in einen Sessel und goss sich auch eine Tasse Kaffee ein. Sie ließ sich bewusst etwas Zeit, denn sie wollte ihn noch eine kleine Weile schmoren lassen.

„Du meinst, es passt nicht zur Ex FBI Special Agentin Katherina Schulz, sich eine Pyramide und einen Haufen Holzengel in die Wohnstube zu stellen?"

Jetzt erst bemerkte er das Funkeln in ihren Augen und entspannte sich.

„Erste Krise abgewendet", sagte er sich innerlich und schüttelte gleichzeitig den Kopf. „So habe ich das nicht gemeint. Hm, oder vielleicht doch. Ich habe das Gefühl, es passt nicht zu deiner Persönlichkeit."

Jetzt musste auch Kate lachen.

„Also, es war eine spontane Einkaufsorgie mit Jasmin und plötzlich hatte ich das halbe Auto voll und ich muss dir sagen, es gefällt mir. Ich habe auch noch Weihnachtsbaumschmuck gekauft. Immerhin wollen wir ja einen Baum schmücken, wenn unsere Gäste, besonders Ben, kommen und um Himmels Willen keinen Plastikbaum. Davon gab es in Atlanta genug. Ich will eine richtig gut gewachsene Nordmanntanne und das ist dein Part."

Sie deutete mit dem Zeigefinger auf Mike, der scherzhaft salutierte.

„Okay, Ma`am. Nordmanntanne, spätestens 23.12.

vor Ort, Ma`am."

Kate setzte sich neben ihn und sah auf die Pyramide.

„Du hälst sie wirklich für kitschig?", fragte sie und er beeilte sich, den Kopf zu schütteln.

„Nein. Das ist echte solide Handwerkskunst. Das hat mit Kitsch nun wirklich nichts zu tun."

Zufrieden nickte sie und schenkte Mike nach.

Schließlich lehnte sie sich zurück und sah ihn wieder mit diesem speziellen Blick, den er für sich als „FBI Blick" deklariert hatte, an.

„Marlen Kirschner war im dritten Monat schwanger? Wisst ihr, wer der Vater ist?"

Mike balancierte seine Tasse einen Augenblick in der Luft, dann setzte er sie mit Nachdruck auf die Untertasse zurück. „Woher…nein, ich weiß es."

Er hatte die Hände nach oben gerissen und ließ sie jetzt wieder langsam sinken.

„Steven bringt euch alle mit seiner verdammten Hackerei in Teufelsküche."

Kate zog lakonisch die Schultern nach oben.

„Ach Mike. Ohne ihn und diesen Wulf hättet ihr diesen Petro Lässig nie zur Stecke gebracht."

Mike knirschte so laut mit den Zähnen das sogar sie es hörte. „Das eine hat mit dem anderen nichts zu tun."

Kate wedelte mit der Hand durch die Luft.

„War sie nun schwanger oder nicht?"

Stumm nickte Mike. Was machte es auch für einen Sinn es abzustreiten? Sicher hatte sich Steven, wie bereits öfters, in irgendwelche Ermittlungsakten eingehackt. Er würde mit ihm mal wieder ein ernstes Wort reden müssen. Wobei er bereits im Vorfeld wusste, wie das ausgehen würde.

Bizarrer Weise hatte dieser sogar zweimal, als aktives Mitglied des Chaoscomputerclub, die Polizei auf eklatante Sicherheitsmängel aufmerksam gemacht, inklusive Verbesserungsvorschlägen zu deren Abstellung. Frank Keilwert, Hauptkommissar für Internetkriminalität, war inzwischen ein regelrechter Fan von Steven und tauschte sich sogar regelmäßig mit ihm aus.

„Wer ist der Vater?", holte ihn Kate gerade wieder auf den Boden der Realität zurück.

Er zuckte die Schultern.

„Keine Ahnung. Wir gehen ja, nach Spurenlage, von einem Suizid aus und diese Schwangerschaft scheint es noch zu bestärken."

Er hatte mit Widerspruch gerechnet, aber seltsamerweise nickte Kate nachdenklich.

„Wenn sie unverheiratet ein Kind zur Welt gebracht hätte, wäre es wohlmöglich zum Bruch mit ihrer stark religiösen Familie gekommen. Aber trotzdem. Suizid wegen einer Schwangerschaft?"

Kate war nicht überzeugt.

„Warum beschäftigst du dich eigentlich damit? Das ist doch keine reine Neugier, wenn Steven die Akten ausbaldowert?"

Sie schüttelte den Kopf.

„Abby ist doch mit ihr in eine Klasse gegangen, auch wenn sie in den letzten Jahren nicht so eng

miteinander befreundet waren, kann sie es sich nicht
vorstellen, dass Marlen sich selbst umgebracht hat,
schon allein aus religiösen Gründen."

Mike zog die Schultern nach oben. „Menschen verän-
dern sich."

Er atmete ein und lehnte sich in seinem Sessel zurück, um Kate eindringlich zu mustern.

„Also willst du nachforschen?"

Sie stand auf und setzte sich auf die Armlehne seines
Sessels. „Ich weiß, du bist nicht glücklich darüber
und ich wollte auch erst nichts davon erwähnen.
Aber ich denke, in einer Beziehung sollte schon Ehr-
lichkeit herrschen, auch in beruflicher Hinsicht. Ich
dachte mir, irgendwie komme ich dir ja nicht in die
Quere. Ihr geht bisher von Suizid aus und haltet ja
sowieso die Füße still bis das toxikologische Gutachten da ist, oder?"

Er nickte und legte seinen Arm um Ihre Taille. „Und
wenn sich dann wider Erwarten herausstellt, dass es
doch kein Suizid war?"

Sie küsste ihn sanft auf sein dichtes, dunkles Haar.

„Dann, Herr Hauptkommissar, arbeiten wir ganz eng
zusammen."

Kapitel 5

Von Mike hatte Kate auch den Tipp bekommen, dass Pfarrer Ruffel ein sehr unkomplizierter Mensch und wohl am einfachsten in Marlen Kirschners sozialem Umfeld ansprechbar war.

Kate vereinbarte also einen Termin mit dessen Büro und ging am frühen Nachmittag in die Untere Endestraße. Genau wie Mike bestaunte sie beim Eintritt in die hellen Büroräume die heitere Engelschar und berichtete spontan von ihrem Einkauf an Weihnachtsartikeln, die sie, wie es sich herausstellte, in der Manufaktur gegenüber jener, in der der Pfarrer seine Engel bezog, erstanden hatte.

Pfarrer Ruffel, der wieder eine Kanne herrlich duftenden Adventstee auf dem Stövchen stehen hatte, sah Kate erstaunt an.

„Ach, sie sind die Frau von Herrn Hauptkommissar Köhler?"

Kate schüttelte etwas den Kopf und nahm den angebotenen Platz dankend an. „Wir sind nicht verheiratet und stehen erst, ich sage einmal so, am Anfang unsere Beziehung."

Er nickte verstehend und sah sie interessiert an.

„Frau Brandner erzählte mir, sie haben einen Sicherheitsdienst, wie…"

Kate hob die Hand. „Ja, Schulz Security, aber auch Detektei. Ich habe eine Mitarbeiterin, die Marlen seit ihrer Schulzeit kennt, Annalena Heimat."

Der Pfarrer hob den Kopf und sah sie interessiert an.

„Vom Pflegedienst Heimat? Ich dachte, die Tochter arbeitet mit im Unternehmen?"

Kate schüttelte den Kopf. „Die ältere Tochter schon, die jüngere, Abby, ich meine Annalena, studiert jetzt Psychologie. Sie hat eine Zeit lang für mich gearbeitet und hilft auch jetzt in den Semesterferien noch gern aus. Jedenfalls ist sie nicht davon zu überzeugen, dass Marlen Suizid begangen haben könnte und da…"

„Haben sie sich bereit erklärt, noch ein bisschen nachzuforschen", unterbrach sie der Pfarrer mit einem Lächeln, das aber umgehend verschwand.

Er seufzte. „Ich weiß wirklich nicht, wie ich ihnen weiterhelfen kann, Frau Schulz, so gerne ich es auch möchte. Ich habe bereits alles was ich weiß Herrn Köhler, also ihrem Lebensgefährten, erzählt."

Kate lehnte sich zurück und nippte an ihrem Tee. Sie hatte geschwankt, ob sie Pfarrer Ruffel wirklich etwas von Marlens Schwangerschaft erzählen sollte, zumal sie das nicht mit Mike abgestimmt hatte. Aber jetzt erachtete sie es für gegeben. Nachdem sie es dem Pfarrer gesagt hatte, betrachtete der sie mit vor Erstaunen aufgerissenen Augen.

„Und daran gibt es keinen Zweifel, ich meine…"

Er schüttelte den Kopf. „Natürlich nicht, entschuldigen sie, das war eine dumme Bemerkung."

Kate setzte ihre Teetasse ab, die er umgehend auffüllen wollte. Ihr fiel auf, dass seine Hand zitterte.

Er bemerkte es auch selbst und setzte die Kanne wieder ab. Kate nahm sie und goss sich selbst und auch ihm nach. Mit einem Aufstöhnen ließ sich der Pfarrer zurück in seinen Stuhl sinken.

„Entschuldigen sie, Frau Schulz, aber das ist alles zu viel im Augenblick. Erst Marlens Tod und jetzt auch noch…" Er schluckte kurz. „Glauben sie, sie hat es deswegen getan? Wegen der Schwangerschaft?"

Kate richtete sich etwas auf. „Im Moment, Herr Pfarrer, glaube ich gar nichts. Ich versuche, Fakten zusammenzutragen, um mir ein Bild machen zu können. Derzeit ist es eher ein Puzzle und es scheinen einige Teile, und zwar die Wichtigsten, zu fehlen."

Sie sah ihn an und scheinbar hatte er sich wieder gefangen.

„Wer könnte der Vater des Kindes sein?", fragte sie nach einer Weile des Schweigens. Sie war überzeugt, dass sich ihr Gegenüber gerade genau diese Frage stellte.

Er schüttelte langsam den Kopf.

„Marlen hatte keinen Freund, also zumindest hat sie nie etwas erwähnt dahingehend und ich habe sie auch nie mit jemand außerhalb der Gemeinde gesehen, was diesen Schluss zulassen würde."

Plötzlich schoss Kate ein Gedanke durch den Kopf.

„Wenn das Kind in Folge einer Vergewaltigung gezeugt worden wäre, hätte Marlen sich ihnen anvertraut?"

Der Pfarrer stieß langsam Luft aus.

„Ich weiß nicht, aber…" Er runzelte die Stirn. „Ich denke, dazu passt nicht die Tatsache, dass sie gerade in den letzten Wochen deutlich aufgeschlossener war, nicht mehr so introvertiert."

„Gut kombiniert, Sherlock", dachte Kate und nickte dem Pfarrer zu. „Sie meinen, es wäre eher möglich, dass sie sich verliebt hatte?"

Er zuckte die Schultern.

„Warum nicht? Sie war eine hübsche junge Frau und es gab immer wieder junge Männer, die sie, ich sage mal so, sehr wohlwollen betrachtet haben, auch bei uns hier."

Kate wollte etwas antworten, als es klopfte und gleich darauf ein dunkler Lockenkopf in der Tür erschien.

„Papa, ich…" Der junge Mann, der sich in das Büro geschoben hatte, blieb abrupt stehen. „Oh, entschuldige, ich wusste nicht…"

Der Pfarrer hatte sich erhoben und runzelte dabei etwas die Stirn. „Ist denn Frau Brandner nicht draußen?", fragte er, tat die Frage aber dann mit einer Geste ab. „Frau Schulz, das ist mein jüngster Sohn, Benjamin."

Der junge Mann nickte zu Kate hin und sah seinen Vater eindringlich an. „Papa, ich müsste dich dann mal sprechen, es…"

Kate erhob sich. „Ich denke, wir sind dann auch fertig."

Der Pfarrer machte eine abwehrende Bewegung. „Sie können gern noch bleiben."

Kate war inzwischen zu dem jungen Mann gegangen, der sie verlegen musterte.

Er war groß, vielleicht Eins Fünfundachtzig und

strahlte noch die Unbeholfenheit eines zu schnell ge-
wachsenen Jugendlichen aus, auch wenn sein Gesicht
deutlich reifer wirkte.

Sie reichte ihm die Hand, die er zurückhaltend ergriff. „Katherina Schulz", stellte sie sich vor.

„Benjamin Ruffel", sagte er und lächelte dabei etwas.

Sein Vater sah ihn an. „Was ist denn so Dringen-
des?", fragte er, jetzt etwas ungeduldiger.

Der junge Mann blies etwas die Wangen auf.

„Naja, es hat doch Zeit. Bis dann."

Er nickte Kate zu und schloss die Tür.

Der Pfarrer sah ihm kopfschüttelnd nach.

Dann lächelte er etwas verlegen Kate an. „Sie müssen
schon entschuldigen, aber mein Jüngster ist manchmal…" Er neigte den Kopf langsam hin und her. „Ein
bisschen verträumt und realitätsfremd. Das ist sicher
auch der Grund, warum er Philosophie studieren
will, da kann man so schön nachdenken, hat er mir
erklärt."

Kate erwiderte sein Lächeln und reichte ihm die
Hand. „Danke, Herr Pfarrer und wenn ich noch einmal ihre Unterstützung benötige?"

Er nickte. „Immer gern, Frau Schulz, soweit ich ihnen
helfen kann."

Kate verließ das Pfarramt und ging in Richtung Topfmarkt, als sie hinter sich einen jungen Mann bemerkte, der sich wenig geschickt in der Deckung der wenigen Häuser hielt.

In Höhe des Malzhauses wandte Kate sich abrupt um und ging ihm entgegen. Erschrocken versuchte er, wieder eine Deckungsmöglichkeit zu finden und sah sich hektisch um. Aber hier war es schwierig, zu viel Freifläche.

Kate trat auf ihn zu und lächelte.

„Was wollen sie von mir, Benjamin? Denn das sollte wohl diese ganze Aktion, ein Gespräch mit mir?"

Der junge Mann sah sie verlegen an. „Nun ja. Ja oder vielleicht auch nein. Ich war mir nicht sicher."

Kate klopfte ihm leicht auf die Schulter.

„Kommen sie, hier oben im Café Müller bekommen wir einen warmen Kaffee oder Tee und müssen uns nicht in dieser Kälte den Hintern abfrieren."

Sie setzte sich in Bewegung, blieb kurz stehen und sah ihn aufmunternd an.

„Also los, ich beiße nicht", sagte sie und mit einem aufseufzen trabte der junge Mann ihr nach.

Nachdem sie ihre Getränke bestellt hatten, Kate Kaffee und Benjamin einen grünen Tee, sah sie ihn auffordernd an.

„Nun?", fragte sie und zog dabei eine Augenbraue nach oben.

„Sind sie wirklich eine FBI Agentin?" Es klang ungläubig.

Kate lächelte ihn an.

„Ich war eine, aber jetzt lebe ich ja in Deutschland."
Er nickte bedächtig und sah sie wieder, etwas verstohlen zwar, aber intensiv an. Was immer er für eine Vorstellung von einer FBI Agentin hatte, Kate entsprach ihnen wohl nicht.

Sie lächelte ihn weiter an. „Aber Respekt, Benjamin. Sie haben das schnell herausgefunden."

Er errötete leicht, ihr Lob schien ihn zu freuen.

Dann winkte er mit einer generösen Geste ab. „Das war nicht schwer. Ich habe vorhin Frau Brandner im Haus getroffen. Sie hatte noch etwas zu erledigen und auf meine Frage, ob mein Vater da sei, sagte sie mir, er habe ein Gespräch mit einer Frau Schulz von einer Detektei."

Er zog sein Smartphone aus der Tasche und legte es neben sich auf den Tisch. Mit einem Kopfnicken in diese Richtung sagte er: „Der Rest war dann nur noch ein Kinderspiel."

Kate schmunzelte in sich hinein. Pfarrer Ruffel schien seinen Jüngsten ziemlich zu unterschätzen. Er war mit Sicherheit alles, aber nicht realitätsfremd.

„So und nachdem sie nun wissen, wer ich bin, was wollen sie von mir?"

Kate war dafür, gleich direkt auf das Ziel loszusteuern.

Benjamin lehnte sich zurück und heftete die Augen auf die zierliche Grünteetasse.

„Ging es um Marlen? Ich meine, bei dem Gespräch zwischen ihnen und meinem Vater?"

Kate entschloss sich, ihm die Wahrheit zu sagen.

Vielleicht erfuhr sie von ihm etwas mehr zur Person Marlen Kirschner. Irgendwie hatte sie den Eindruck, weder sie noch die Polizei konnten hinter diese Fassade, die die junge Frau scheinbar recht sorgsam aufgebaut hatte, blicken.

„Ja, ich habe mit ihrem Vater darüber gesprochen. Momentan geht die Polizei noch von Suizid aus, aber Marlens ehemalige Mitschülerin Annalena Heimat ist davon nicht überzeugt, sie…"

„Abby?", fragte der junge Mann erstaunt, was Kate bejahte. „Sie kennen sich?"

Benjamin nickte. „Ich habe einmal eine Hausarbeit über Jugendkulturen geschrieben und Abby in diesem Zusammenhang befragt. Ich kannte sie vom Gym und hatte damals angenommen, sie gehört der Schwarzen Szene an. Ist ja aber nicht so, ich meine, sie ist viel zu vielschichtig, als dass man sie auf irgendetwas reduzieren könnte."

„Aha", dachte Kate. „Da war wohl jemand mal schwer in Abby verliebt." Auch wenn Abby etwas älter als Benjamin war.

Sie sah ihn an, schüttelte etwas den Kopf, als wolle sie damit ausdrücken, dass sie langsam vom Thema abkamen.

Benjamin verstand. „Ich kann mich Abby nur anschließen in ihrer Meinung. Marlen würde sich nie umbringen, nie. Gerade in letzter Zeit war sie so anders, nicht mehr immer traurig. Es war, als strahlte sie von innen."

„Schwangerschaftshormone", dachte Kate.

„Gut" sagte sie. „Wenn sie sich so sicher sind, wer könnte denn ein Motiv haben Marlen zu töten?"

„Das… das hatte ich nicht bedacht", stammelte er, sichtlich verwirrt.

Kate lehnte sich zurück. „Benjamin, Marlen war schwanger, wussten sie das?"

Sie beobachtete ihn genau, seine Reaktion konnte viel aussagen. Benjamins Kinnlade klappte im wahrsten Sinne des Wortes nach unten. Er starrte Kate an, dann schüttelte er langsam den Kopf.

„Nein, davon habe ich nichts gewusst, aber wer…?"

Er verschluckte den Rest des Satzes und wich ihrem Blick aus. „Aha", dachte Kate und zuckte die Schultern. „Das wissen wir nicht. Ich hatte gehofft, sie könnten mir da etwas sagen?", sagte sie leise.

Der junge Mann, der sichtbar mit dieser neuen Information zu kämpfen hatte, seufzte auf.

„Nein, leider. Ich kann nicht, ich meine, ich wusste nicht…" stammelte er. Er war augenscheinlich verwirrt, aber warum? War es wirklich nur die Mitteilung von Marlens Schwangerschaft?

Kate sah ihn jetzt intensiver an. „Benjamin, waren sie der Vater von Marlens Kind?"

Trotzdem sie die Antwort zu kennen, wollte Kate diesen Schuss ins Blaue wagen. Vielleicht hatte Benjamin für Marlen geschwärmt, wie er es auch für Abby getan hatte. Aber sie glaubte nicht, dass er mit ihr geschlafen hatte.

Benjamins Körper straffte sich und er sah ihr jetzt direkt in die Augen.

„Nein. Marlen und ich, wir waren Freunde, aber mehr war da nicht." Seine Stimme klang erstaunlich fest.

Kate lehnte sich wieder zurück. „Wären sie gern mehr gewesen?", fragte sie leise und eine Röte huschte wieder über das Gesicht des jungen Mannes.

Er senkte den Kopf einen kurzen Augenblick, dann sah er sie an. „Ja, das wäre ich. Aber ich glaube, für Marlen war ich nie eine Option. Sie sah eher in mir einen kleinen Bruder, einen guten Kumpel."

Er schluckte hörbar. Also hatte sie recht gehabt mit ihrer Vermutung.

„Glauben sie, dass sich Marlen wegen des Kindes…?" Er brach den Satz ab.

Kate schüttelte langsam den Kopf.

„Wenn sie sagen, sie wäre in letzter Zeit fröhlicher gewesen, warum hätte sie sich dann deswegen töten sollen? Mein Gott, wir leben im einundzwanzigsten Jahrhundert. Da muss man sich nicht wegen eines unehelichen Kindes umbringen."

Gerade wollte Benjamin etwas erwidern, als sein Smartphone vibrierte. Er runzelte die Stirn, sah Kate an, die ihm deutete, ruhig den Anruf anzunehmen.

„Ja, Papa? Was ist denn los?"

Er schwieg eine Weile. „Ich sitze mit Frau Schulz hier im Café Müller und…" Er nahm das Telefon von seinem Ohr und schüttelte den Kopf. „Mein Vater will sie sprechen."

Er reichte es Kate über den Tisch. „Herr Pfarrer Ruffel?", fragte sie.

„Frau Schulz. Ist Benjamin bei ihnen?"

Sie zog die Stirn kraus. Was sollte denn diese Frage?
Außerdem klang der Pfarrer ungewöhnlich erregt.

„Ja, die ganze Zeit schon, aber…"

Sie hörte ein tiefes Seufzen am anderen Ende.

„Gott sei Dank. Kommen sie schnell in die Kirche. Es
hat ein Unglück gegeben."

Wie elektrisiert sprang Kate auf und deutete Benjamin mitzukommen. Sie drückte dem verdutzten Kellner zehn Euro in die Hand und zerrte Benjamin geradezu hinter sich her zum Ausgang. Kaum hatten sie die Marktstraße betreten, hörte sie bereits die Martinshörner.

Als Kate, gemeinsam mit Benjamin, den Johannisvorplatz erreichte, sah sie einen Rettungswagen sowie einen Notarztwagen vor dem Portal der Kirche stehen. Gerade wurde eine Trage nach draußen gebracht und im Rettungswagen verstaut.

Kate war inzwischen nahe genug herangekommen, um die Umrisse einer Frau zu erkennen.

Sie hörte Benjamin hinter sich aufstöhnen.

„Frau Hannisch", sagte er leise.

Kate erinnerte sich dunkel an diesen Namen, Mike hatte ihn erwähnt.

Sie betrat gemeinsam mit dem sichtlich geschockten Benjamin die Kirche. Auf einer der hinteren Kirchenbänke saß eine Frau, das Gesicht in ihren Händen verborgen und daneben Pfarrer Ruffel, der ihr sanft über die Schultern strich. Bei den herannahenden Schritten hob er den Kopf.

Kate nickte ihm zu.

Direkt am Eingang zum Turm war die Tür geöffnet und Blut in ziemlicher Menge war über den Boden verteilt. Der Pfarrer hielt weiterhin die rechte Schulter von seiner Mitarbeiterin, Frau Brandner, umschlossen, die leise weinte.

„Frau Hannich. Sie muss die Treppe heruntergestürzt

sein. Wir kamen herein, um den Blumenschmuck zu bringen, da hörte ich ein Stöhnen und sah sie da liegen. Ich habe sofort die Rettung gerufen."

Kate sah von der Blutlache zu Frau Brandner und dann wieder zu Pfarrer Ruffel.

„Warum haben sie Benjamin angerufen und wollten wissen, ob er die ganze Zeit mit mir zusammen war?", fragte sie schließlich und sah den Pfarrer an, der tief einatmete.

„Frau Hannich war noch nicht völlig bewusstlos, sie erkannte mich und sagte zwei Mal hintereinander: *Benjamin, er …*"

„Und da dachten sie?"

Der Pfarrer schüttelte den Kopf. „Ich weiß nicht was ich dachte."

Kate zog ihr iPhone aus der Tasche. „Ich rufe jetzt Hauptkommissar Köhler an", sagte sie bestimmt.

Kapitel 6

Mike Köhler hatte sich so in eine der Kirchenbänke gesetzt, dass er sowohl Pfarrer Ruffel als auch Frau Brandner und Benjamin im Blick hatte. Kate saß auf der gegenüberliegenden Reihe von Kirchenbänken, mit Abstand zum leitenden Ermittler, aber so nahe, dass sie alles mitbekam. Überall huschte jetzt die Spurensicherung herum, die Mike unmittelbar angefordert hatte.

Er war sich, genau wie Kate sicher, dass das, was wie ein Unfall von Frau Hannich aussehen sollte, kein Zufall war. Damit bekam natürlich auch der Tod von Marlen Kirschner eine andere Dimension.

Hatte Frau Hannich irgendetwas gesehen und gehört, was sie nicht hätte hören oder sehen sollen? Außerdem beschäftigte ihn jetzt die Frage nach dem Vater von Marlen Kirschners Kind.

Kate hatte ihm vorhin gesagt, dass sie Benjamin Ruffel damit konfrontiert hatte und sich sicher war, dass er nicht nur nichts von Marlens Schwangerschaft wusste, sondern dass er wirklich nur ein guter Kumpel gewesen war.

Mike maß den Pfarrer eine Weile mit seinen Blicken. Dann sagte er plötzlich: „Herr Ruffel, waren sie der Vater von Marlens Kind?"

Er sah, wie Frau Brandner, die neben dem Pfarrer saß, ihn entgeistert anstarrte, während der Pfarrer selbst müde den Kopf schüttelte.

Mike sah aus dem Augenwinkel, dass Kate bei

diesem Vorstoß die Luft angehalten hatte.

„Herr Hauptkommissar, ich möchte die Anschuldigung von ihnen einmal ganz logisch angehen. Gesetzt den Fall, es wäre so gewesen. Ich bin seit vier Jahren verwitwet und Marlen ist…ich meine, sie war, volljährig. Warum hätte ich mich nicht zu dem Kind bekennen sollen? Gewiss, der Altersunterschied von fünfunddreißig Jahren, aber das ist keine Seltenheit heute. Die Gemeinde hätte eine Weile Gesprächsstoff gehabt, aber auch das wäre vorbeigegangen."

Er schüttelte bekümmert den Kopf. „Aber um ihre eigentliche Frage zu beantworten, nein. Ich war nicht der Vater von Marlens Kind."

Er sah Frau Brandner an und diese nickte.

„Im Übrigen, Herr Hauptkommissar, Maria, also Frau Brandner und ich, werden im Mai heiraten. Wir haben es bisher nur noch nicht öffentlich gemacht."

Die Frau an seiner Seite richtete sich etwas auf und sah Mike direkt an.

„Mein Mann war sehr lange Zeit pflegebedürftig und ist im Februar diesen Jahres gestorben. Martin und ich wollten mein Trauerjahr abwarten, das schien uns geboten."

Mike sah zu Kate, die schweigend alles mit angehört hatte. In diesem Moment öffnete sich die Kirchentür und eine junge Frau kam hereingerannt.

„Papa?", rief sie und Pfarrer Ruffel erhob sich.

„Anna?"

Jemand von der Spurensicherung wollte die junge Frau aufhalten, aber Mike deutete ihm, sie durchzulassen.

Jetzt erst sah er, dass sich unter dem Wintermantel ein Schwangerschaftsbauch wölbte und an dem leicht watschelnden Gang konnte man auch erkennen, dass die Schwangerschaft weit fortgeschritten war.

Pfarrer Ruffel lief ihr entgegen. „Du hättest nicht herüberkommen sollen", sagte er leicht tadelnd und stellte sich instinktiv so, dass ihr der Blick auf den großen Blutfleck versperrt blieb.

„Ich habe das mit Frau Hannich gehört, das ist ja schrecklich."

Der Pfarrer nickte Mike zu.

„Herr Hauptkommissar, meine Tochter Anna. Sie kam erst gestern aus der Klinik."

Die junge Frau nickte.

„Ja, fast vier Monate völlige Ruhe, aber jetzt ist er so gut ausgereift, da haben wir beschlossen, der Natur ihren Lauf zu lassen." Sie strich sich lächelnd über ihren Bauch. Dann wurde sie ernst.

„Hat das irgendetwas mit Marlens Tod zu tun?", fragte sie besorgt und sah ihren Vater an.

Dieser schüttelte den Kopf.

„Das wird sich finden. Die Polizei ist ja erst eingetroffen. Ich denke, du solltest wieder rüber gehen und nicht so lange stehen."

Die junge Frau zog ihre Schultern nach oben.

„Papa, Millionen von Frauen bekommen Kinder, also hört auf, mich alle in Watte zu packen, du bist fast noch schlimmer als Marc."

Kate hatte sich erhoben, warf Mike einen kurzen

Blick zu und sagte zu Pfarrer Ruffel: „Wenn sie nichts dagegen haben, begleite ich ihre Tochter nach drüben. Es ist ziemlich glatt draußen."

Dabei sah sie den Pfarrer mit einem eindringlichen Blick an, der erleichtert nickte.

Gemeinsam mit der jungen Frau verließ sie die Kirche.

„Sind sie Kriminalbeamtin?", fragte diese und Kate schüttelte den Kopf. Sie stellte sich vor und sagte, dass sie privat zum Tod von Marlen Kirschner ermittle.

Die junge Frau führte sie in die zweite Etage. Auf einem selbst getöpferten Klingelschild stand *Hier leben Marc, Anna, Jonas und Samuel Martens.* Dahinter war mit kindlicher Schrift *und das Baby* ergänzt.

Frau Martens, die Kates Blick gefolgt war, lächelte.

„Das war Jonas, unser Ältester. Er freut sich so auf das neue Baby, von dem wir ja insgeheim gehofft hatten, es würde ein Mädchen werden. Aber ein Junge ist uns auch willkommen, der macht das Trio komplett."

Dann schloss sie auf. Kate wurde in ein gemütliches Wohnzimmer geführt.

Es hatte nichts mit Kates geradezu peinlicher Ordnung zu tun, hier lebte eine Familie. Da lag Spielzeug umher, eine leere Kakaotasse stand noch auf dem Tisch. Nachdem sie sich gesetzt hatten, streckte Anna Martens mit einem Seufzer die Beine aus.

„Kannten sie Marlen Kirschner?", fragte Kate, die sich nicht lange mit der Vorrede aufhalten wollte.

79

Anna Martens nickte.

„Mein Mann ist hier Diakon und ich sehr aktiv in der Gemeinde, natürlich kennt man sich. Er und mein Vater wollten mir am liebsten nichts erzählen von ihrem Tod, ich lag noch in der Klinik. Aber es war ja Stadtgespräch und erreichte, schon durch die modernen Medien, auch das Klinikum."

Sie setzte sich bequemer hin, ruckte dann aber nach vorn.

„Ich habe ihnen gar nichts angeboten, Frau Schulz, entschuldigen sie, aber…"

Kate machte eine abwehrende Geste.

„Lassen sie nur, ich war mit ihrem Bruder im Café Müller, bis wir dort angerufen wurden."

Frau Martens zog die Stirn in Falten. „Mein Bruder?"

Kate nickte. „Ich hatte eine Unterhaltung mit ihrem Vater und ihr Bruder kam dazu. Anschließend ist er mir gefolgt."

Die junge Frau schüttelte leicht den Kopf.

Dann atmete sie aus. „Naja, er hatte ja noch ein anderes Verhältnis zu Marlen als wir alle."

Kate sah sie an, aber ihr Gegenüber winkte sogleich ab.

„Nein, nicht was sie denken, Frau Schulz. Aber als unsere Mutter starb, war Benjamin vierzehn Jahre alt, ein schwieriges Alter, um mit einem solchen Verlust umzugehen. Ich hatte damals Jonas und war mit Samuel schwanger. Vielleicht hätte ich mich mehr um ihn kümmern müssen, aber…" Sie winkte mit trauriger Miene ab. „Papa war auch so in seinem Schmerz gefangen, dass er einfach nur noch funktionierte. Er stürzte sich geradezu in seine Arbeit und Benjamin war wie ein Zweig im Wind. Marlen war für ihn da, wie eine ältere Schwester, die Schwester, die ich hätte sein sollen. Sie sprach viel mit ihm, hörte ihm zu, kümmerte sich einfach. Und seine Mutter. Frau Kirschner nahm wirklich so eine Art Mutterrolle bei ihm ein. Am Ende war er mehr bei Kirschners als bei uns."

Kate hörte im Tonfall der jungen Frau eine leichte Missbilligung. Sie lehnte sich zurück und sagte erst einmal nichts.

Schließlich sah Anna Martens sie an. „Irgendwann war es sogar Benjamin zu viel und er zog sich zurück."

Kate wandte sich ihr zu. „Was war denn zu viel?"

Anna Martens atmete tief ein.

„Verstehen sie mich bitte nicht falsch, die Familie Kirschner ist eine wichtige Stütze unserer Gemeinde, aber sie sind zuweilen…" Sie stockte und Kate ergänzte. „Zu strenggläubig? Ihr Vater deutete so etwas an."

Scheinbar erleichtert nickte die junge Frau.

„Ja, besonders Frau Kirschner hat manchmal sehr unflexible Ansichten. Als ich nach Samuels Geburt wieder als Ergotherapeutin arbeitete, machte sie mir heftige Vorwürfe. Ob ich denn nicht wisse, wo mein Platz als Frau sei? Gott habe ihr eine bittere Lektion erteilt, weil sie es auch nicht gewusst hatte. Deswegen habe er, also Gott, ihr den Sohn genommen. Wir hatten einen richtiggehenden Streit deswegen, in den dann sogar noch mein Mann und mein Vater involviert wurden." Sie schüttelte in Erinnerung daran den Kopf.

„Und Benjamin?", versuchte Kate wieder das Thema auf den jungen Mann zurückzubringen.

„Wie ich schon sagte, er war in einem schwierigen Alter und schloss sich diesen manchmal extremen Gedanken an. Stundenlang konnte er über Themen wie gottgefälliges Leben, das Nein zum vorehelichen Geschlechtsverkehr und anderem diskutieren. Mein Mann und ich haben ihn sogar ein oder zwei Mal an die Luft gesetzt, weil es nicht mehr zum Aushalten war. Aber mein Vater hat das alles ausgehalten und ist keiner, auch noch so abstrusen, Diskussion aus dem Weg gegangen. Schließlich wohl mit Erfolg. Seit vergangenen Jahr, nachdem er sein Abitur bestanden hatte, ist Benjamin wieder der Alte. Er hat den Kontakt zu den Kirschners nicht abgebrochen, das wäre in unserer Gemeinde auch schwierig, aber doch sehr begrenzt."

„Was glauben sie, war der Auslöser?"

Anna Martens versuchte wieder eine bequeme Position zu finden.

„Das weiß ich so ziemlich genau. Frau Kirschner belagerte ihn geradezu, Theologie zu studieren. Aber Benjamin wollte nicht, unser älterer Bruder ist bereits Pfarrer und er sagte immer, dass einer in der Familie reicht, um die Fackel der Tradition weiterzutragen." Sie lachte etwas. „Nein, Benjamins Stärken liegen gewiss wo anders, aber darüber ist er sich selbst nicht so im Klaren, also macht er derzeit ein freiwilliges, soziales Jahr in der Altenpflege."

Kate runzelte etwas die Stirn.

„Ihr Vater sagte, Benjamin wolle Philosophie studieren?"

Anna Martens winkte ab.

„Ich denke, das sagte Benjamin unserem Vater nur, um ihn zu beruhigen und ihm glauben zu machen, er habe einen Lebensplan."

In diesem Moment erhob sich in Flur ein lautstarkes Tohuwabohu und die junge Frau stand schwerfällig aus den weichen Polstern auf.

„Ach, meine Rasselbande", sagte sie fröhlich.

Im gleichen Moment wurde die Tür fast aus den Angeln gerissen und zwei Jungs im Alter von sieben und vier Jahren stürmten herein und sprangen ihre Mutter geradezu an. Diese hatte Mühe, die Balance zu halten.

„Lasst Mama noch ganz, ja", rief eine Stimme aus dem Flur und kurz darauf kam ein hochgewachsener, dunkelblonder Mann herein.

Er nickte Kate zu, als sei es eine Selbstverständlichkeit, dass eine Fremde in seinem Wohnzimmer saß, umfasste seine Frau und drückte ihr einen Kuss auf die Wange.

Dann griff er vorsichtig an ihren Schwangerschaftsbauch.

„Alles in Ordnung?", fragte er leise und Anna Martens nickte. Sie wandte sich an die beiden Jungs, die

Kate inzwischen gut erzogen die Hand zur Begrü-
ßung gereicht hatten.

„Geht doch mal bitte in euer Zimmer."

Ohne Widerspruch nahm Jonas die Hand seines jün-
geren Bruders und zog diesen hinter sich hinaus.

Frau Martens deutete auf Kate.

„Frau Schulz, sie ermittelt wegen Marlens Tod."

Der junge Mann sah sie erstaunt an.

„Aber ich dachte, es sei ein Suizid gewesen?"

Ohne die Frage zu beachten, sagte seine Frau: „Und
dann lag heute Frau Hannich schwerverletzt am Fuß
der Treppe zum Turm hinauf. Ist das nicht schrecklich?"

Er nickte. „Ja, ich habe eben davon erfahren. Wirklich
schrecklich."

Er sah Kate an und diese glaubte in seinen Augen einen leisen Vorwurf zu lesen, dass sie seine hoch-
schwangere Frau mit derartigen Dingen konfron-
tierte.

Diese erhob sich und reichte Anna Martens die Hand.

„Ich sollte wohl jetzt aufbrechen. Auf Wiedersehen
und alles Gute für sie und das Baby", sagte sie und
ließ sich von Marc Martens zur Tür begleiten. Aus
dem Kinderzimmer hörte sie die Stimmen der beiden
Jungs.

Der Diakon zögerte eine Weile und hielt den Türgriff
in der Hand.

„Frau Schulz, haben sie wirklich Zweifel an der
Selbstmordtheorie?", fragte er leise und warf einen
Blick auf die geschlossene Wohnzimmertür.

Kate sah ihn an. „Allerdings, gerade jetzt nach dem Sturz von Frau Hannich. So viele Zufälle gibt es wohl kaum. Im Übrigen, ich wollte es nur vor ihrer Frau nicht erwähnen, war Marlen Kirschner schwanger, im dritten Monat."

Sie griff an ihm vorbei nach dem Türgriff und öffnete die Tür.

„Auf Wiedersehen", sagte sie und sah Schweißperlen auf dem blassen Gesicht des Diakons.

„So, jetzt haben wir einen Suizid, der wahrscheinlich keiner war und einen Unfall, der wahrscheinlich auch keiner war," stöhnte Mike und beobachtete die Spurensicherung, die ihr Equipment zusammenpackte.

Kate war nach ihrem Besuch bei den Martens wieder hinüber zur Kirche gegangen und war auf dem Weg dorthin Pfarrer Ruffel, Frau Brandner und Benjamin begegnet, die Mike scheinbar nach Hause geschickt hatte.

Sie hatte kurz gestoppt und sagte zu dem Pfarrer: „Es tut mir leid, das Hauptkommissar Köhler ihnen das unterstellt hat."

Der Pfarrer lächelte sie mit einem müden Gesichtsausdruck an.

„Ich habe das nicht persönlich genommen, Frau Schulz. Es ist seine Pflicht so zu denken und ich hoffe, ich konnte seinen Verdacht entkräften."

Dann hatte er ihr noch einmal kurz zugenickt und ging mit seinen Begleitern über den Kirchplatz.

Kate konnte Mikes Verzweiflung verstehen. Die Spurenlage sah nicht rosig aus.

„Hoffen wir nur, dass Frau Hannich aus dem Koma wieder erwacht und uns etwas sagen kann, besonders was Benjamin betrifft. Der Junge konnte mir so gar keinen Hinweis geben, was sie gemeint haben könnte", sagte Mike und schüttelte leicht den Kopf.

„Deinen Optimismus muss ich dir leider rauben."

Niemand hatte Omar Amri bemerkt, der, trotz seiner Größe und Schwere, das Talent hatte, sich fast lautlos anzuschleichen.

Er stellte sich neben Mike und hielt sein Smartphone hoch.

„Ich habe eben die Nachricht bekommen, dass Frau Hannich es nicht geschafft hat."

„Mist", sagte Mike nur und Omar nickte. „Dann setze dich mal schnellstens mit dem Staatsanwalt in Verbindung zwecks Autopsie."

Mike nickte gedankenverloren und starrte vor sich hin. Kate und Omar warfen sich einen Blick zu, schließlich schwiegen sie und warteten, bis Mike langsam den Kopf hob.

„Da war etwas. Irgendetwas hat mir Frau Hannich gesagt und ich weiß es nicht mehr."

Er schüttelte immer wieder den Kopf, als wolle er sich zu einer Erinnerung zwingen und zog die Stirn in Falten.

Kate erhob sich schließlich. „Dann gehe ich noch einmal zur Toilette und…"

In diesem Moment sprang Mike auf und rannte sie fast um. Kate wich zur Seite aus und sah ihm verdutzt nach, als er in Richtung der Toiletten rannte.

Er riss die Tür zur Damentoilette auf, als Kate ihm bereits gefolgt war und über seine Schulter sah.

„Buh, ist das kalt", murmelte sie, als ein eisiger Wind ihnen entgegenschlug.

Mike deutete auf das schmale Fenster. Es stand offen.

Er wandte sich um und rief: „Karsten?"

Der Leiter der Spurensicherung kam von der Tür zum Turm herüber. Mike deutete auf das Fenster.

„Als ihr das letzte Mal hier wart, hat da jemand von euch das Fenster hier aufgelassen?"

Karsten Windisch schüttelte mit hochgezogenen Augenbrauen den Kopf.

„Natürlich nicht", sagte er mit Nachdruck.

Mike nickte beschwichtigend.

„Das war es, was mir Frau Hannisch gesagt hatte. Am nächsten Tag nach Marlens Sturz habe das Fenster offen gestanden, obwohl sie sich einhundert Prozent sicher war, es geschlossen zu haben. Sie hat euch beschuldigt, da ihr die Letzten hier in der Kirche und wohl noch einmal auf der Toilette wart."

Der Leiter der Spurensicherung seufzte.

„Mike. Erstens war die Toilette nicht relevant für unsere Untersuchungen. Zweitens hatten wir an diesem Tag keine Frau mit im Team, also was sollten wir auf der Damentoilette? Außerdem, du weißt doch…"

Dieser hob die Hand.

„Natürlich weiß ich das und ich habe der Sache auch keine Bedeutung beigemessen, weil wir ja von einem Suizid Marlen Kirschners ausgegangen sind. Und jetzt ist das Fenster wieder auf."

Der Leiter der Spurensicherung nickte.

„Okay, wir schauen ob wir was finden, aber mal ehrlich, wer soll denn durch so ein schmales Fenster passen und ziemlich hoch ist es außerdem."

Als er Mikes Miene sah, schloss er kurz die Augen.

„Gut, gut. Das volle Programm."

Kate seufzte.

Die Toilette konnte sie jetzt nicht nutzen.

Mike deutete auf die Nachbartür.

„Für Herren, aber ich stehe Schmiere, geh also ruhig rein."

Dieses Mal war Omar mit den Ergebnissen der Autopsie direkt ins Präsidium gekommen, da Mike ihn nachdrücklich darum gebeten hatte.

Gemeinsam mit Kommissarin Marianne Jäger, Kommissaranwärter Frieder Lein und dem Leiter der Spurensicherung, Karsten Windisch, saß dieser im Konferenzraum, als Omar eintrat.

Karsten Windisch erläuterte gerade die Spurenlage.

„Es deutet nichts darauf hin, dass Frau Hannich gestoßen wurde. Aber es könnte trotzdem so gewesen sein. Sie stand in der ersten Biegung, dass heißt, wenn von oben jemand gekommen war oder dort gestanden hätte, dann wäre für den oder die Täter der Überraschungsmoment vorteilhaft gewesen. Frau Hannich hätte erst in letzter Minute gesehen, wer ihr da gegenübersteht."

„Und wenn sie den oder die Person noch gekannt hat, war sie vielleicht nicht einmal misstrauisch", ergänzte Mike und sah Omar an, der sich inzwischen gesetzt hatte.

„Zumindest hat sie keine Abwehrverletzungen. Lediglich ein paar auberginefarbene Wollfasern habe ich unter den Nägeln sichergestellt, was nichts heißen muss, wenn…"

Er verstummte, als er sah, wie der Leiter der Spurensicherung sich aufrichtete und ihn anstarrte.

„Das wollte ich gerade sagen, auch wir haben auberginefarbene Wollfasern entdeckt, allerdings am Rahmen des Toilettenfensters."

Mike lehnte sich zurück.

„Dem Fenster, durch das niemand durchpassen würde?", fragte er und sah Karsten Windisch an.

„Nun ja", seufzte dieser leise auf. „Wir haben es noch einmal ausgemessen, also ein sehr, sehr schlanker, sportlicher junger Mann könnte es schaffen."

Mike nickte. „Gut, dann gehen wir mal davon aus, dass es beide Male der gleiche Täter war."

Marianne Jäger runzelte die Stirn und schüttelte schließlich geradezu nachdrücklich den Kopf.

„Nein. Welche Bedeutung hätte dann der Abschiedsbrief? Wir haben alle Personen erfasst, die zur Zeit des Sprungs von Marlen Kirschner in der Kirche waren., da hat niemand ein Motiv, sie haben Marlen doch erst an diesem Abend kennengelernt"

Frieder Lein beugte sich nach vorn und sah Mike an, wie immer, wenn er einen Beitrag beisteuern wollte und sich nicht sicher war, ob seine Meinung, als Jüngster im Team, opportun wäre.

Mike nickte ihm zu und der Kriminalanwärter richtete sich auf. „Eine Kirche bietet viele Verstecke, besonders für jemand, der sich dort auskennt. Da wir zu diesem Zeitpunkt noch von einem Suizid ausgingen, hat auch keiner die Kirche durchsucht. Die spurentechnische Ermittlung bezog sich nur auf den Turm und den Aufgang."

Er sah zu dem Leiter der Spurensicherung, der zustimmend nickte. „Nehmen wir also an, der Täter hat sich in der Kirche versteckt und ist dann nachts, als die Kirche verschlossen war, durch das Toilettenfenster nach außen geklettert. Da es zur Rückseite der

Kirche geht, musste er auch nicht damit rechnen, entdeckt zu werden." Frieder redete sich geradezu in Feuereifer.

„Und der Abschiedsbrief?", warf Mike wieder ein und Omar wog seinen Kopf hin und her.

„Wer sagt uns, dass es ein Abschiedsbrief war? Diese Zeilen können auch aus einem anderen Grund geschickt worden sein, zum Beispiel, um eine Beziehung zu beenden."

Marianne Jäger beugte sich über den Tisch und sah Omar zustimmend an. „Möglich wäre es, dass der Täter diese Zeilen, vielleicht ein Teil eines Briefes, mitgebracht hat. Er wollte Marlen zur Rede stellen, es gab einen Streit und er stürzte sie vom Turm und warf den Brief hinterher. Im allgemeinen Chaos rannte er nach unten und versteckte sich."

Mike rieb sich über das Gesicht und schüttelte langsam den Kopf. „Und wie passt Frau Hannich mit in diese ganze Sache?"

Omar und Frieder fuhren fast gleichzeitig auf, aber der Pathologe gab dem jungen Mann ein Zeichen, er solle sprechen.

„Frau Hannich hat etwas gesehen, was ihr erst nach dem Gespräch mit dir", er nickte zu Mike. „Klar geworden ist. Vielleicht wollte sie denjenigen zur Rede stellen und…" Er breitete die Arme aus.

Mike schwieg eine Weile und sah, wie der Kriminalanwärter ihn ansah. Schließlich nickte er langsam.

„Es könnte etwas dran sein an der Theorie, Frieder." Dieser strahlte in sich hinein.

Marianne Jäger hatte sich nochmals die Unterlagen Marlen Kirschner kommen lassen.

Man hatte die Personalien aller, die sich bei Marlen Kirschners Sprung vom Turm in der Kirche aufgehalten hatten, erfasst und zumindest die Gruppe, die Marlen ins Türmerstübchen geführt hatte, befragt.

Plötzlich stach ihr ein Name ins Auge. Sie erhob sich und ging hinüber in Mike Köhlers Büro, der gerade an seinem Computer recherchierte.

Er hob bei Mariannes Eintritt den Kopf. Diese setzte sich zu ihm. „Weißt du, wer in der Kirche war, als Marlen Kirschner gesprungen ist?"

„Falls sie überhaupt gesprungen ist", murmelte Mike, sah dann aber Marianne auffordernd an.

„Benjamin Ruffel. Von verwegen, alle haben Marlen erst an diesem Abend kennengelernt."

Eine Weile war Stille im Raum und fast glaubte die Kommissarin, Mike hätte sie nicht verstanden, bis dieser von seinem PC zurückrollte und sie anstarrte.

„Das ist es", sagte er leise. „Darum hat Frau Hannich seinen Namen gesagt."

Marianne Jäger zog die Schultern leicht nach oben.

„Aber er ist definitiv nicht zu diesem Fenster hinausgeklettert und er kann auch Frau Hannich nicht gestoßen haben, denn zu dieser Zeit war er nachweislich mit Kate zusammen."

Mike nickte langsam. „Ja, da hast du recht. Aber vielleicht hat er etwas gesehen, dem er bis heute keine Bedeutung beigemessen hat."

Marianne sah ihn zweifelnd an. „Aber du hast ihn

doch noch einmal befragt?"

Mike erhob sich und griff nach seiner Jacke.

„Ja, und das war, bevor ich wusste, dass er in der Kirche war und weißt du, was seltsam ist? Er hat davon kein Wort gesagt."

„Was hast du vor?"

Mike sah auf die Uhr. „Ich hoffe, ich treffe ihn in dem Pflegeheim an, wo er sein freiwilliges Jahr macht. Kommst du mit?"

Marianne Jäger nickte.

Keine halbe Stunde später hielten sie an dem Pflegeheim, dass sich unterhalb der Johanniskirche, direkt
neben der ehemaligen Komturei des Deutschritteror-
dens, befand.

Mike hatte recht gehabt, Benjamin war noch im
Dienst und die junge Krankenschwester verwies sie
in einen Raum, der sonst für die Andachten genutzt
wurde.

Bei seinem Eintritt sah Benjamin die beiden Beamten
erstaunt an, nahm dann aber auf deren Aufforderung
hin Platz.

„Gibt es etwas Neues?", fragte er, nachdem eine
Weile Stille geherrscht hatte, was ihn leicht zu verun-
sichern schien. „Papa hat gesagt, die Spurensicherung sei wieder in der Kirche gewesen", ergänzte er.
Mike lehnte sich leicht nach vorn und fixierte den
jungen Mann.

„Sie haben mir verschwiegen, dass sie am Tag von
Marlen Kirschners Tod in der Kirche waren."

Eine kurze, aber heftige, Röte flammte in Benjamins
Gesicht auf. Dann setzte er sich betont langsam zurück und sah Mike direkt in die Augen.

„Ich bin der Sohn des Pfarrers und aktives Gemein-
demitglied, da ist es wohl kaum ungewöhnlich, dass
ich mich in der Kirche aufhalte, oder?"

Er hatte versucht, möglichst souverän zu klingen,
aber es gelang ihm nicht. Seine Stimme zitterte leicht
und verfiel gegen Ende des Satzes geradezu ins Fal-
sett.

„Das mag schon sein, aber sie haben es mir dennoch

verschwiegen."

Mike war dagegen die Ruhe selbst, was Benjamin Ruffel immer mehr zu verstören schien. Seine Augen gingen zwischen dem Hauptkommissar und der Kommissarin hin und her. Bei Letzterer blieb sein Blick schließlich haften. Ihre mütterliche Ausstrahlung schien ihm in diesem Moment Sicherheit zu geben. Das war der Grund, warum gerade bei Befragungen junger Männer Mike seine Kollegin gern dabeihatte.

Als erfahrene Mutter dreier, inzwischen erwachsener, Söhne hatte sie oft den besseren Draht.

„Ich habe es sicher nur vergessen zu erwähnen, es ist doch alles so…so unvorstellbar, was passiert ist. Marlens Suizid und dann noch der Unfall von Frau Hannich, ich…"

Er sah Marianne Jäger jetzt geradezu flehentlich an und sie nickte verstehend.

„Spielt ihr wieder guter Bulle, böser Bulle?", würde Kate jetzt fragen und fast war Mike versucht bei dem Gedanken zu lächeln.

Dabei bemühte er sich um einen neutralen Gesichtsausdruck.

„Herr Ruffel, ich habe sie nach Frau Hannichs Unfall…" Hier stoppte er kurz und malte mit beiden Händen Anführungszeichen in die Luft. „Gefragt, ob sie es sich erklären können, warum Frau Hannich gerade ihren Namen zwei Mal gegenüber ihrem Vater erwähnt hat, bevor sie das Bewusstsein verlor und sie wollen mir einreden, sie hätten vergessen, dass sie bei Marlens Tod in der Kirche waren?"

Seine Stimme war immer lauter geworden und hatte jetzt eine Lautstärke erreicht, die Benjamin zurückfahren ließ.

„Nun, nehmen wir an, die Ereignisse hatten sie so verwirrt, dass sie wirklich vergessen haben es gegenüber Herrn Hauptkommissar Köhler zu erwähnen, sagen sie es uns doch bitte jetzt. Warum waren sie an jenem Nachmittag in der Kirche? Haben sie Marlen gesehen, mit ihr gesprochen?"

Marianne Jägers Tonfall war ruhig und verständnisvoll.

Benjamin atmete sichtbar erleichtert auf und sah sie an. „Ja, ich hatte es wirklich vergessen. Also, ich wollte nach irgend etwas schauen, ich weiß nicht mehr, nach was. Jedenfalls, ich habe zwar Frau Hannich hinten am Einlass für den Turm gesehen, aber Marlen nicht."

Mike beobachtete den jungen Mann. Selten hatte er einen schlechteren Lügner gesehen.

Natürlich hatte das auch Marianne Jäger bemerkt. Geradezu bekümmert schüttelte sie den Kopf.

Dann sah sie dem jungen Mann direkt in die Augen. „Benjamin, warum lügen sie uns an?"

Wieder ging die flammende Röte über sein Gesicht, aber dann wirkte er merkwürdig entschlossen.

„Es stimmt, ich wollte mit Marlen sprechen, aber ich hatte sie verpasst. Sie war mit der Gruppe gerade nach oben gegangen. Also setzte ich mich in eine der Kirchenbänke, um auf sie zu warten."

Mike beugte sich so weit nach vorn, dass Benjamin ihn ansehen musste.

„Was wollten sie mit Marlen besprechen?"

Dieser presste fest die Lippen aufeinander.

„Das war eine Sache zwischen ihr und mir. Es hat nichts mit ihrem Tod zu tun."

Mike schüttelte leicht entnervt den Kopf.

„Das zu beurteilen überlassen sie bitte uns. Also?"

Benjamin sah ihm fest in die Augen.

„Nein", sagte er und erhob sich.

Kapitel 7

„Es ist einfach zum verrückt werden. Er weiß etwas oder er schützt jemand und redet nicht."
Frustriert stellte Mike seine Kaffeetasse zurück auf den Tisch und sah Kate zu, die mit innerer Gleichmut die Kerzen auf ihrer neu erstandenen Pyramide anzündete. Es war der zweite Advent und auch wenn sie, wie immer, Verständnis dafür hatte, dass Mike mitten in einem Fall weder Sonn-noch Feiertag kannte, wollte sie doch ein bisschen Adventsatmosphäre schaffen.

Schließlich setzte sie sich neben ihn und sah ihn an.

„Wenn er jemand schützt und dafür lügt, dann muss dieser Mensch ihm sehr nahestehen", sagte sie.

Mike zog die Stirn kraus.

„Denkst du?", fragte er nach und Kate rollte die Augen nach oben.

„Du hast doch selbst gesagt, er ist ein schlechter Lügner, na warum wohl? Er ist der Sohn eines Pfarrers, darum. Also würde er nur lügen, um jemand zu schützen, der ihm sehr, sehr nahesteht."

In diesem Moment klingelte es.

„Das werden Omar und Jasmin sein", sagte Kate und sprang auf, noch ehe Mike aufstehen konnte. Sie riss die Tür auf und prallte fast zurück.

Vor ihr stand Benjamin Ruffel. Er zog leicht irritiert die Stirn nach oben.

„Habe ich sie erschreckt?", fragte er geradezu ungläubig. Auch das schien nicht in sein Bild von einer ehemaligen FBI Agentin zu passen.

Kate schüttelte den Kopf. „Nein, aber ich habe jemand anderes erwartet."

Benjamin nickte. „Haben sie einen Moment Zeit für mich?", fragte er zögernd.

Kate deutete nach innen. „Gehen sie ruhig schon die Treppe hoch, nach rechts in mein Arbeitszimmer, ich komme gleich."

Sie lauschte einen kurzen Augenblick seinen Schritten nach und hörte die Tür oben, dann ging sie ins Wohnzimmer.

Mike sah sie an. „Ich habe ihn schon gehört", sagte er und deutete mit einer Kopfbewegung nach oben.

Als er sich erheben wollte, wies ihm Kate durch eine Geste, sitzen zu bleiben. „Wenn Omar und Jasmin kommen, lass sie bitte rein. Mal sehen, was der junge Mann auf dem Herzen hat. Ich denke, wenn er mir etwas anvertrauen will, solltest du besser nicht dabei sein."

Mit einem Kopfschütteln ließ sich Mike wieder zurückfallen. „Gut, dann nicht. Es ist wirklich nicht leicht mit dir, weißt du das?", sagte er und Kate lächelte. „Das habe ich dir auch nie versprochen."

Damit war sie zur Tür hinaus und Mike starrte auf die sich gleichmäßig drehende Pyramide.

Er versuchte es positiv zu sehen. Sollte es Kate gelingen, Benjamin zu überreden, sein Wissen mitzuteilen, könnten sie einen entscheidenden Schritt im Fall Marlen Kirschner und Johanna Hannisch weiterkommen.

Kate traf Benjamin in ihrem Arbeitszimmer, wo er ziemlich hilflos umherstand.

„Setzen sie sich doch", forderte sie ihn auf und geradezu vorsichtig setzte er sich auf einen der Stühle.

Kate nahm ihm gegenüber Platz und sah in an.

„Also?", fragte sie und Benjamin Ruffel sah zum Fenster. Draußen wurde es, obwohl es noch Nachmittag war, langsam dunkel.

„Frau Schulz, darf ich ihnen eine persönliche Frage stellen?"

Kate hob den Kopf und nickte.

„Sind sie religiös, ich meine…" Er brach ab.

Kate lehnte sich etwas zurück. „Ja, das bin ich."

Diese Aussage schien ihn etwas zu erleichtern. Also, kombinierte Kate, ging es um ein, zumindest in seinen Augen, ethisches oder religiöses Problem.

„Sie sind aber nicht in unserer Gemeinde?"

Kate schüttelte den Kopf. „Nein, ich bin römisch-katholisch."

Nachdem auch das klar gestellt war, rückte Benjamin etwas entspannter in seinem Stuhl zurück. „Dann ist ihnen ja auch die Beichte nicht fremd und…"

Kate setzte sich aufrecht hin. „Benjamin, das hier ist kein Beichtstuhl und ich kann und werde ihnen nicht versprechen über das, was sie mir sagen, Stillschweigen zu bewahren. Das wäre ihnen gegenüber unfair, also sage ich ihnen vorab die Wahrheit."

Auch wenn sie jetzt vielleicht die einzige Chance verspielt hatte das er ihr etwas von Belang zu dem Fall sagen würde, sie würde nicht sein Vertrauen missbrauchen.

Benjamin sah sie eine Weile schweigend an, dann nickte er. „Danke", sagte er. „Sie sind ehrlich, dabei hätten sie mich austricksen können. Aber das tun sie nicht." Er nickte noch einmal, dann rieb er seine Hände aneinander.

Kate sah erst jetzt, wie rot sie waren. Sicher hatte er eine ganze Weile in der eisigen Kälte draußen gestanden, bevor er sich entschlossen hatte, bei ihr zu klingeln.

„Möchten sie einen Tee?", fragte sie, aber er lehnte ab. Scheinbar hatte er Angst, dass ihn der Mut verlassen würde, sollte Kate ihn allein lassen.

„Ist es moralisch verwerflich, einen Menschen schützen zu wollen, der selbst etwas Unmoralisches getan hat? Sagte nicht Thomas von Aquin- *Alles, was gegen das Gewissen geschieht, ist Sünde-*?"

Kate stöhnte innerlich auf. Kein Wunder das Pfarrer Ruffel vermutete, dass sein Sohn Philosophie studieren wollte.

„Benjamin, könnten sie bitte etwas deutlicher werden?"

Er hörte die Ungeduld in ihrer Stimme und zog die Schultern nach oben. „Ich weiß, wer der Vater von Marlens Kind war."

Kate sah ihn an und nickte. „Da wir nun einmal bei dem Thema Moral und Unmoral sind, lassen sie es mich mit Fellini sagen; *Moral ist ständiger Kampf gegen die Rebellion der Hormone.*"

Als Benjamin sie sprachlos anstarrte, ergänzte sie:

„Ihr Schwager Marc war der Vater, nicht wahr?"
Scheinbar hatte Benjamin mit allem gerechnet, aber nicht mit dieser Aussage.

Er schüttelte erst den Kopf, aber nicht um Kates Aussage zu dementieren, sondern weil er einfach fassungslos war.

Schließlich sagte er leise: „Ja, das ist, ich meine, das war er."

„Und wie sind sie darauf gekommen?", fragte Kate leise.

Benjamin schien sich jetzt ein wenig zu entspannen. Er lehnte sich zurück und rieb auch nicht mehr so hektisch seine Hände. „Ich habe sie beobachtet, als meine Schwester im Krankenhaus lag. Marlen ist öfter zu Marc gegangen, auch in die Wohnung. Da habe ich mir ja noch nichts dabei gedacht. An einem Mittwochvormittag, Samuel und Jonas waren in der Schule beziehungsweise im Kindergarten, sollte ich für meine Schwester ein bestimmtes Buch aus der Wohnung holen. Marc hatte am Abend vorher noch gesagt, er sei den ganzen Tag außer Haus. Also bin ich mit dem Schlüssel meiner Schwester einfach reingegangen." Er schluckte und schwieg.

„Und da haben sie die beiden gehört?"

Er nickte, sichtlich verlegen. „Gehört und gesehen. Sie…sie haben gar nicht mitbekommen, dass ich in der Wohnung war, also bin ich raus und…" Er holte kurz Luft. „Ich bin durch die Stadt gelaufen und wusste nicht, was ich tun soll."

Kate musterte ihn eine Weile. „Warum haben sie sich

nicht ihrem Vater anvertraut?", fragte sie und fast hektisch schüttelte Benjamin den Kopf.

„Nein, Papa hält so große Stücke auf Marc und dann hatte ich Angst, dass Anna es erfährt. Ich wollte selbst mit Marlen sprechen. Ich wollte ihr sagen, dass das aufhören muss."

Kate verkniff es sich, ihm zu sagen, dass es ja wohl nicht nur Marlens Schuld gewesen war. Sie nickte ihm lediglich aufmunternd zu, weiter zu erzählen.

„Darum bin ich zwei Tage später rüber in die Kirche. Ich wollte mit ihr sprechen, weiter nichts. Das müssen sie mir glauben."

Kate legte den Kopf langsam zur Seite. „Benjamin, waren sie auf dem Turm?"

Er schüttelte den Kopf. „Nein, ich habe unten gewartet, wirklich. Und ich habe auch nicht gewusst, dass sie schwanger ist. Das habe ich doch erst von ihnen erfahren."

Kate glaubte ihm, aber sie wusste plötzlich, dass dies nur ein Teil der Wahrheit war.

Sie stand auf, stellte sich neben ihn. Er sah sie erschrocken an. Langsam legte sie ihre Hand auf seine Schulter, ganz leicht.

„Benjamin, wen haben sie an diesem Nachmittag dort gesehen?"

Sie spürte das Beben unter ihrer Hand, aber sie nahm sie nicht weg, im Gegenteil, sie verstärkte den Griff.

„Wer war es?", fragte sie leise.

Er sah sie an, wie ein verwundetes Tier und es tat ihr leid, ihn so zu quälen, aber es musste sein.

„Wer?", fragte sie noch einmal und spürte, wie die Schulter unter ihrer Hand erschlaffte.

„Marc. Als in der Kirche plötzlich gerufen wurde, dass jemand vom Turm gestürzt sei, rannten ja alle durcheinander und einige auch gleich hinaus. Auch Frau Hannich rannte nach vorn, da kam Marc aus der Tür vom Turm und lief nach rechts."

„In Richtung der Toiletten?"

Benjamin nickte.

Kate klopfte ihm sanft auf die Schulter. „Es war gut, dass sie es mir gesagt haben. Kommen sie, wir gehen hinunter. Sie sollten das alles Hauptkommissar Köhler erzählen."

Mit einem tiefen Seufzer erhob sich der junge Mann und folgte Kate.

Marc Martens starrte Mike Köhler mit aufgerissenen Augen an. Dieser hatte ihn, gemeinsam mit Marianne Jäger, in dessen kleinen Büro im Pfarramt aufgesucht. „Bitte?", stammelte er, als habe er sich verhört und Mike sah ihm intensiv in die Augen. „Sie haben mich schon beim ersten Mal genau verstanden. Waren sie der Vater von Marlen Kirschners Kind? Und bitte überlegen sie sich genau ihre Antwort."

Das er diese Drohung nachschob, war eigentlich untypisch für Mike, aber Marianne, die ihn schon lange genug kannte, merkte daran, dass er unwahrscheinlich unter Druck stand.

Der Diakon senkte den Blick und sah dann Marianne an. „Genau wie bei Benjamin. Nur gut, ich habe sie im Team", dachte Mike.

Mit einem Seufzen nickte Marc Martens schließlich. „Ja. Ja, das war ich. Ich denke es jedenfalls, also…"
Er schwieg wieder und knetete seine Hände nervös im Schoß.

Marianne beugte sich etwas nach vorn in seine Richtung. „Glauben sie das Marlen noch mehr Männer…"
„Nein", fuhr der Diakon auf. „Nein, das wollte ich so nicht sagen, das wäre auch respektlos."
Mike stieß einen undefinierbaren Laut aus.
„Respektlos? Na gut. Was mich interessiert, ist die Tatsache, dass sie zum Todeszeitpunkt von Marlen in der Kirche waren."
Der junge Mann sah ihn verständnislos an.
„Was? Nein. Ich war nicht in der Kirche an jenem Abend. Ich war mit meinen Kindern hier im Haus

und bin erst, als ich draußen die vielen Menschen und die Rettungswagen sah, nach draußen gelaufen."

Marianne Jäger wechselte mit Mike einen kurzen Blick. „Wann haben sie denn Marlen das letzte Mal gesehen?", fragte sie.

Der junge Mann atmete tief ein. „Zwei Tage vor ihrem Tod."

„Als sie miteinander geschlafen haben?", warf Mike ein und der Diakon wurde flammend rot.

„Woher…" Er brach ab. „Ja", murmelte er.

„Und, ist etwas Besonderes vorgefallen? Bitte, Herr Martens, lassen sie sich nicht jedes Wort aus der Nase ziehen." Mikes Geduld war wirklich fast am Ende.

Der Diakon sah wieder zu Marianne, als könne er von dort mehr Verständnis für seine Situation erwarten. „Marlen hat mir an diesem Vormittag gesagt, dass sie schwanger ist. Sie hat gesagt, sie würde es meiner Frau sagen. Wir haben ziemlich heftig gestritten."

Marianne Jäger nickte verständnisvoll. „Wollte sie, dass sie sich von ihrer Frau trennen?"

Der Diakon schüttelte den Kopf.

„Nein, das wollte sie nicht. Sie sagte, sie wolle das Kind allein aufziehen, endlich ihr Leben leben. Sie war geradezu…" Er schien nach dem richtigen Wort zu suchen. „Euphorisch, ja, sie war euphorisch", ergänzte er.

Mike setzte sich etwas im Stuhl nach vorn und fixierte den jungen Mann. „Sie hat also gedroht, ihrer schwangeren Frau alles zu erzählen, verstehe ich das richtig?"

Der Diakon nickte zögerlich.

„Also gut. Daraufhin sind sie zwei Tage später, weil sie wussten, dass Marlen wieder eine Führung als Weihnachtsengel hatte, in die Kirche gegangen und wollten an diesem Abend mit ihr sprechen. Sie sind auf den Turm gestiegen und haben sie dort getroffen. Sie hat ihnen wieder gedroht, es ihrer Frau zu erzählen, der gesamten Gemeinde. Sie haben sie gebeten, das nicht zu tun, haben sie geradezu angefleht. Hat sie sie ausgelacht? Gedemütigt? Sie sind kein aggressiver Mensch, Herr Martens, aber in diesem Moment lag ihre ganze Welt in Scherben vor ihnen. Sie haben sie geschüttelt, versucht, sie zur Vernunft zu bringen, aber sie hat sie ausgelacht, nicht wahr? Und da haben sie sie vom Turm gestoßen."

Der Diakon war aufgesprungen und schüttelte seinen Kopf so heftig, dass seine Haare um sein Gesicht flogen. „Nein, Herr Hauptkommissar, nein, ich war nicht in der Kirche, das müssen sie mir glauben."

Mike zuckte die Schultern.

„Wir haben einen Zeugen. Er hat sie in der Kirche gesehen und als die Menschen alle auf den Kirchplatz hinausliefen, sind sie vom Turm heruntergekommen und über das Toilettenfenster nach draußen."

Marc Martens starrte Mike eine Weile sprachlos an, dann schüttelte er wieder langsam den Kopf. „Nein, ich war nicht in der Kirche", sagte er tonlos, als sei er überzeugt, dass ihm alle Beteuerung nichts helfen würde.

„Er hat das perfekte Motiv", sagte Mike, als er gemeinsam mit Marianne Jäger, Frieder Lein, Karsten Windisch und Omar im Beratungsraum des Präsidiums saß.

Omar wog seinen Kopf langsam hin und her.

„Bei Marlen Kirschner waren keine Abwehrspuren zu finden. Wenn sie so heftig gestritten und er sie gepackt hätte, um sie über das Geländer zu werfen, wären eindeutige Spuren zu finden gewesen. Aber da war nichts, gar nichts."

„Und der Unfall, Schrägstrich Totschlag, von Johanna Hannich?", warf der Leiter der Spurensicherung ein.

Mike hob leicht die Hand. „Da hat er auch kein Alibi."

Marianne Jäger zog die Schultern leicht nach oben und schenkte sich Kaffee nach.

„Warum hat er sich selbst so belastet? Er hat von dem Streit erzählt, davon, dass Marlen ihn faktisch erpresst hat. Warum?"

Mike sah zu ihr hinüber.

„Vielleicht gibt es dafür auch Zeugen? Wenn er in der Kirche war und zum Toilettenfenster hinausgeklettert ist, dann müssen wir ihm das beweisen."

Frieder Lein nickte.

„Ja, warum hätte Benjamin Ruffel seinen Schwager belasten sollen? Gut, er hat ihn mit Marlen erwischt, aber was würde diese Enthüllung mit seiner Schwester machen, die hochschwanger ist?"

Eine Weile war Ruhe in dem Raum.

Dann musterte Mike den Kriminalanwärter scheinbar

interessiert.

„Wie groß bist du eigentlich?"

Dieser sah ihn erstaunt an, sagte aber prompt: „Eins Vierundsiebzig."

Mike sah die drahtige Gestalt weiterhin interessiert an. „Und wieviel wiegst du?"

Der junge Mann schien peinlich berührt, murmelte aber: „Zweiundsechzig Kilogramm."

Mike stand auf. „Dann komm."

Frieder Lein nahm Anlauf und es gelang ihm erst beim dritten Mal, einigermaßen sicher auf dem Waschbecken zu landen. Dann zog er sich am Rahmen des geöffneten Fensters hoch und versuchte, den Oberkörper nach draußen zu schieben.

„So wird das nichts", stöhnte er und ließ sich langsam wieder auf das Waschbecken herunter.

Karsten Windisch hatte ihnen versichert, dass die Spurensicherung abgeschlossen und der Ort wieder freigegeben war.

Omar stand nahe am Waschbecken, um im Notfall den schlanken Kriminalanwärter auffangen zu können, sollte dieser abrutschen.

Frieder zog sich wieder nach oben und streckte jetzt ein Bein aus dem offenen Fenster, dann zog er das andere nach.

„Hier draußen hat man nicht gerade viel Halt", sagte er.

Es stimmte. Bereits von außen hatten sie gesehen, das statt eines klassischen Fensterbrettes schräge Schiefer angebracht waren. Aufgrund des Frostes der letzten Tage war der Boden darunter so gefroren, dass keine Schuhabdrücke gesichert werden konnten. Allerdings konnte man, so man Halt fand, bedenkenlos die knappen zwei Meter nach unten springen, ohne Verletzungen befürchten zu müssen.

Mit Mühe gelang es Frieder Lein, den Oberkörper nachzuziehen, aber dann blieb er stecken, die Beine draußen, den Oberkörper drin. Er klammerte sich am inneren, schmalen Holzfensterbrett fest, ohne sich von außen abstützen zu können.

Schließlich packte Omar beherzt zu und zog ihn mit einem kräftigen Ruck nach innen und setzte ihn auf dem Boden des Toilettenraumes ab.

Mike starrte auf das Fenster.

„Wenn Frieder hier nicht durchpasst, wer passt dann durch?"

„Vielleicht eine schlanke Frau?"

Die drei fuhren herum. Keine von ihnen hatte Kate bemerkt, die plötzlich in der Tür stand.

„Ich habe das Auto draußen gesehen und dann eure Laute hier gehört, die schallen ja durch die ganze Kirche."

Sie sah Frieder Lein an, der verlegen lächelte.

Mike küsste sie auf die Wange und deutete auf das Fenster. „Willst du mal versuchen?"

Kate war etwas kleiner als Frieder, das konnte von Vorteil sein. Neidvoll musste dieser mit ansehen, dass Kate bereits beim ersten Sprung das Waschbecken erklomm und sich auch sehr geschickt nach oben zog.

„Keine Angst, ich halte dich", versicherte ihr Omar, obwohl sie nicht den Eindruck hinterließ, wirklich Hilfe zu benötigen.

Mit einem Lächeln sah sie zu dem Pathologen.

„Das will ich doch sehr hoffen", sagte sie und zwinkerte ihm zu. Dann setzte sie sich auf das Fensterbrett, streckte die Beine hinaus und versuchte, sich langsam nach draußen zu winden.

Von unten sah es reichlich abenteuerlich aus und

112

nach einer Weile schüttelte Kate den Kopf und
streckte Omar auffordernd die Hände entgegen.

Dieser zog und wie ein Korken aus einer Champag-
nerflasche schnalzte Kate ihm entgegen.

Er hielt sie fest und setzte sie recht elegant auf dem
Boden ab.

Kopfschüttelnd sah sie Mike an.

„Am besten, ihr sucht nach einem Fakir", sagte sie
schließlich. „Marc Martens hätte hier nie durchge-
passt und außerdem, er hat einen Schlüssel für alle
Türen der Kirche. Warum hat er keinen Hinteraus-
gang genommen?"

Kate saß wieder bei Pfarrer Ruffel im Büro und bestaunte die knuffigen Engel. Irgendwie war sie völlig im Weihnachtsmodus, eine Tatsache, die sie gleichzeitig verwirrte und amüsierte.

Sie trank den aromatischen Früchtetee mit einem Hauch Mandarine und Zimt, den ihr Frau Brandner mit einem scheuen Lächeln serviert hatte. Sie hatte ihr auch gesagt, dass der Pfarrer noch ein Gespräch hatte, das etwas dauern konnte.

Plötzlich erhob sich im Vorraum ein Tumult.

Kate hörte eine Frauenstimme, dann eine Männerstimme und schließlich Pfarrer Ruffel, der scheinbar versuchte, die Parteien zu beruhigen.

„Sie hat das sechste Gebot gebrochen, du sollst nicht ehebrechen."

Die Stimme der Frau drang durch die Tür, als säße sie neben Kate. „Wehe ihr, die eine Ehe in irgendeiner Art zu stören wagte! Jetzt, wo sie hinübertreten musste in das Reich, wo sie die Folgen ihrer Taten erwarten. Wie können sie ihr ein christliches Begräbnis geben wollen? Einer Selbstmörderin und Ehebrecherin. "

In diesem Moment wurde die Tür geradezu aufgerissen und Kate sprang auf.

Die Frau, die vor ihr stand, hatte vor Zorn und Erregung gerötete Wangen. Pfarrer Ruffel stand hinter ihr und warf Kate einen gequälten Blick zu.

Diese verstand sofort. „Frau Kirschner?", fragte sie und die Frau starrte sie an.

Kate trat auf sie zu und hielt ihr die Hand hin.

„Mein aufrichtiges Beileid."

Wie ferngesteuert ergriff die Frau Kates Hand.

In diesem Moment tauchte noch ein Kopf in der Tür auf. Der Mann wirkte verwirrt und augenscheinlich auch mit der gesamten Situation überfordert.

Kate nickte ihm zu und schob ganz sanft seine Frau in seine Richtung.

„Entschuldigen sie vielmals, aber ich habe einen sehr dringenden Termin bei Herrn Pfarrer Ruffel und warte schon eine Weile."

Kate sah das Ehepaar Kirschner eindringlich an.

Karsten Kirschner zwinkerte kurz mit den Augen, ehe er aus seiner Erstarrung zu erwachen schien.

„Ja, natürlich, entschuldigen sie vielmals. Melanie, wir sollten jetzt gehen. Du hörst doch, der Herr Pfarrer hat noch einen Termin."

Inwieweit seine Worte zu seiner Frau durchdrangen, war nicht erkennbar, aber zumindest ließ sie sich mit sanften Druck aus dem Büro hinausschieben.

Leise schloss Pfarrer Ruffel die Tür hinter ihnen, schien sich eine Weile zu sammeln und sah dann Kate an.

„Danke", sagte er schlicht und ließ sich in einen Sessel fallen. Mit einem Seufzer wischte er sich die Schweißperlen aus dem Gesicht, die Kate jetzt erst bemerkte.

Sie ließ ihm eine Weile Zeit, sich zu sammeln, dann setzte auch sie sich wieder und sah ihn an.

„Sie weiß also von dem Verhältnis zwischen Marlen und ihrem Schwiegersohn?"

115

Das war jetzt nicht besonders sensibel, aber Kate wollte direkt zur Sache kommen.

Der Pfarrer nickte müde.

„Ja, zumindest wusste sie es vor mir. Eigentlich ging es um Marlens Begräbnis, ich hatte alles mit ihrem Vater abgesprochen, weil Frau Kirschner ja noch in der Klinik lag. Und heute kam sie hier her und überhäufte mich mit einer Reihe von Vorwürfen. Ich glaube, ich habe die Worte Sodom und Gomorra noch nie so oft gehört wie eben."

Kate musste lächeln und sie sah auch, dass Pfarrer Ruffel mit einem Grinsen kämpfte.

Aber dann wurde er sofort wieder ernst.

„Das Marc etwas mit Marlens Tod zu tun haben soll, kann ich mir einfach nicht vorstellen."

Kate wollte ihm antworten, dass er sich bisher sicher auch nicht vorstellen konnte, dass sein Schwiegersohn seine schwangere Frau betrügt, aber sie schwieg.

Der Pfarrer sah sie an und sie wusste, dass er ihre Gedanken kannte.

„Frau Schulz, das eine hat nichts mit dem anderen zu tun. Marc war heute bei mir. Ich kann sein Verhalten nicht verstehen und auch nicht tolerieren. Aber ein kaltblütiger Mörder, nein, das ist er nicht."

Er schüttelte heftig den Kopf.

Kate atmete tief ein. Irgendwie hatte auch sie das Gefühl, dass hier etwas nicht stimmte. Was hatten sie alle übersehen?

„Haben sie mit Benjamin gesprochen? Er behauptet ja

das er Marc in der Kirche gesehen hat."

Der Pfarrer nickte betrübt. „Ja, und er behauptet steif und fest das Marc in der Kirche war."

Kate lehnte sich zurück. Wer von den beiden log und warum?

Marc Mertens, der zugegeben ein Motiv hatte? Aber er hatte den Streit mit Marlen offen zugegeben.

Mike hatte zwar den Verdacht, dass es einen Zeugen für den Streit gegeben haben könnte und er deshalb diesen eingestanden hatte, aber sie war davon nicht so überzeugt.

Aber warum sollte Benjamin lügen? Um seinen Schwager zu bestrafen für den Betrug an seiner Schwester? Aber das erschien ihr doch zu hart.

In diesem Moment klopfte es, leise und zaghaft.

Der Pfarrer erhob sich und sah Kate entschuldigend an. „Frau Brandner ist schon nach Hause gegangen."

Er öffnete die Tür und Kate sah Frau Kirschner im Türrahmen stehen.

„Herr Pfarrer, ich wollte mich für mein Verhalten eben entschuldigen. Ich bin…" Sie brach ab und schüttelte den Kopf.

Pfarrer Ruffel berührte sie sanft an der Schulter.

„Aber Frau Kirschner, das verstehe ich doch. Sie stehen noch unter Schock und da ist das doch verständlich."

Sie nickte langsam und sah zu Kate, die sich erhoben hatte.

Diese trat auf sie zu. „Mein Name ist Schulz, Katherina Schulz, ich bin private Ermittlerin."

Sie sah den Pfarrer an. „Ich wollte sowieso gehen. Frau Kirschner, kann ich sie mitnehmen? Ich bin mit dem Wagen da."

Pfarrer Ruffel nahm den Hinweis sofort auf. „Das ist aber sehr zuvorkommend von ihnen, Frau Schulz. In dieser Kälte würde ich Frau Kirschner nur ungern zu Fuß gehen lassen." Er deutete auf die Tür und Kate ging mit Frau Kirschner, die scheinbar nichts zu entgegnen wagte, hinunter zu ihrem Auto.

„In welcher Angelegenheit ermitteln sie denn, wenn ich das fragen darf?", fragte Melanie Kirschner, als sie neben Kate im Wagen saß, den diese durch das abendliche Plauen in Richtung Preiselpöhl lenkte. Kate wandte ihr kurz ihr Gesicht zu.

„Zum Tod ihrer Tochter."

Sie spürte, wie sich die Frau auf dem Beifahrersitz versteifte. „Aber die Kriminalpolizei geht doch eindeutig von…" Sie schien sich sammeln zu müssen, um das Unvermeidliche auszusprechen. „Von Selbstmord aus", ergänzte sie schließlich.

„Frau Kirschner, es gibt keinen Selbstmord", sagte sie sanft, aber die Frau neben ihr wandte sich ihr abrupt zu. „Doch, das gibt es. *Du sollst nicht töten-* das fünfte Gebot. Du darfst dich auch nicht selbst töten. Selbstmord ist eine Sünde."

Kate schwieg erst einmal, schließlich wandte ihr Frau Kirschner selbst den Kopf zu.

„Wer hat sie denn beauftragt? Darf ich das fragen?"

Kate, die an der roten Ampel an der August-Bebel-Straße stand, sah zu ihrer Beifahrerin.

„Eine Freundin ihrer Tochter, Annalena Heimat."
Sie verschwieg bewusst, dass Abby bei ihr arbeitete,
auch wenn sie jetzt nur in den Semesterferien jobbte.
Die Ampel schaltete auf grün und Kate gab Gas.
„Annalena war keine Freundin meiner Tochter",
stieß Frau Kirschner hervor.
Kate verlangsamte die Fahrt, schließlich waren sie
fast allein auf der Straße und die zunehmende Eis-
glätte rechtfertigte ein gemächlicheres Fahren.
Sie schwieg in der Hoffnung, Frau Kirschner würde
von sich aus weitersprechen und so war es auch.
„Ich kenne Annalenas Familie, ihre Mutter und ihre
Schwester. Sie sind zwar Kirchenmitglieder, kommen
aber nicht sehr regelmäßig zum Gottesdienst. Aber
Frau Heimat, die Inhaberin des Pflegedienstes, unter-
stützt uns immer, wenn wir sie benötigen, meist fi-
nanziell. Aber ihre jüngste Tochter, sie gehört dieser
Satanistenszene an. Teufelsanbeter, stellen sie sich
das vor. Sie ist völlig gottlos. Ihre Mutter tut mir auf-
richtig leid. Aber natürlich war Annalena nie mit
meiner Marlen befreundet, niemals. Kein aufrichtiger
Christ würde sich mit einem solchen verlorenen Ge-
schöpf anfreunden." Ihre Stimme war immer lauter
geworden und dröhnte jetzt geradezu in Kates Ohren. „Hüten sie sich vor dieser jungen Frau, Frau
Schulz, hüten sie sich."
Kate spürte eine kalte Hand auf ihrem Unterarm und
war versucht, diesen reflexartig zurückzuziehen, aber
sie beherrschte sich. Langsam ließ sie das Auto aus-
rollen.

„So, da wären wir, Frau Kirschner", sagte sie ruhig.
Vor dem Haus ging ein Licht an und ein Mann, in
dem Kate Karsten Kirschner erkannte, trat an den
Zaun. Als er seine Frau aus dem fremden Auto stei-
gen sah, schloss er kurz die Augen.
„Melanie, wo warst du denn?", fragte er mit er-
schöpfter Stimme. Er war zweifelsohne auch gerade
nach Hause gekommen, sein Auto stand noch vor der
geöffneten Garage. Nach ihrem Weggang aus dem
Büro von Pfarrer Ruffel war seine Frau scheinbar
weggelaufen und er hatte sie gesucht, nicht wissend,
dass sie zurück in das Pfarrhaus gegangen war.
Kate ließ ihr Fenster herunter. „Ihre Frau war noch
einmal bei Pfarrer Ruffel und ich habe ihr angeboten,
sie nach Hause zu fahren." Der Mann nickte, deutlich
erleichtert.
Melanie Kirschner wandte sich noch einmal zu Kate.
„Danke", sagte sie mit einem Lächeln.
Dann beugte sie sich zu ihrem Fenster hinunter.
„Denken sie an meine Worte, Frau Schulz und nehmen sie sich in Acht. Mit Satan und denen, die ihm
angehören ist nicht zu spaßen!", sagte sie leise.
Dann hob sie die Hand zu einem Gruß und verschwand im Haus. Etwas verwirrt sah ihr Mann ihr
nach, nickte Kate zu und folgte seiner Frau.
Kate wendete den Wagen, fuhr ein paar Meter und
blieb stehen. Sie legte die Hände auf das Lenkrad
und dachte nach. Schließlich nahm sie ihr iPhone aus
der Tasche und wählte eine Nummer.
„Abby? Wir müssen uns sehen."

Benjamin Ruffel war erstaunt gewesen, dass Annalena Heimat ihn angesprochen hatte.

Er war gerade über den Klostermarkt in Richtung
Kirche gelaufen, als plötzlich jemand hinter ihm:
„Hallo Ben", rief. Er hatte gestockt und erst auf den
zweiten Blick Annalena erkannt.

Die steckte in einem kurzen, roten Mantel mit Ka-
puze, die mit schwarzen Samt ausgeschlagen war.
Dazu trug sie schwarze, dicke Strümpfe mit einer roten Naht und schwarz-rote Stiefeletten mit einem Ab-
satz, der bei diesem Wetter wohl wenig angebracht
war. Aber sie stand sehr stabil auf ihren beiden Bei-
nen und schaute ihm lächelnd in die Augen.

„Abby?", fragte er reichlich dumm, wie er selbst fand
und sie nickte, noch immer lächelnd. „Ist schon eine
Weile her, oder? Was machst du denn so?"

Ben zuckte etwas hilflos die Schultern.

Abby hatte ihn schon immer mit ihrem direkten Blick
nervös gemacht und so nahe wie sie bei ihm stand,
konnte er ihr Parfüm riechen. Immer noch das gleiche, es roch etwas schwer, nach Patchouli, erdig, hol-
zig-herb und balsamisch-süß zugleich und benebelte
ihn fast.

Jetzt erinnerte er sich an ihre Frage. „Ich, ähm, ich
mache ein freiwilliges, soziales Jahr im Pflegeheim."
Sie nickte verstehend. „Du willst dir also noch etwas
Zeit lassen mit dem Studium? Das habe ich ja auch
gemacht."

Er sah sie an. „Du hast bei Frau Schulz gearbeitet?"
Sie winkte etwas ab. „Ja, aber jetzt studiere ich

121

Psychologie, zweites Semester. Da habe ich dazu keine Zeit mehr."

Er nickte verstehend, das einzige, was er jetzt tun konnte. Abby lächelte ihn an, ein aufrichtiges Lächeln, wie er fand.

„Hast du Lust auf einen Tee?", fragte er zaghaft und erschrak geradezu über sich selbst.

Abby schüttelte bedauernd den Kopf. „Leider nein, ich muss noch zu einer Mitkommilitonin."

Er senkte den Kopf und brachte noch ein einigermaßen souveränes Nicken zustande. Was hatte er denn erwartet?

„Dann will ich dich nicht aufhalten", sagte er, aber spürte plötzlich Abbys Hand auf der seinen. Sie war überraschend warm.

„Was hälst du davon, wenn wir morgen Abend auf den Weihnachtsmarkt gehen? Ich hatte bisher wirklich noch keine Zeit und auch keine so rechte Lust, aber mit dir…" Sie beendete den Satz nicht, sondern sah ihn lächelnd an.

Viel zu schnell, wie er fand, nickte er, aber egal. Sein Herz machte fast einen Satz. „Gern" sagte er nur.

„Gut, dann um sieben. Soll ich dich abholen?"

Wieder nickte er und Abby hob die Hand.

„Also dann, bis morgen Abend."

Mit beeindruckender Geschwindigkeit für diese hohen Absätze lief sie über den Klostermarkt in Richtung Tunnel. Sie wandte sich noch einmal um und winkte ihm kurz zu. Erst jetzt merkte er, dass sein

Mund ganz trocken war und auch er lächelte.

Er holte tief Luft und setzte seinen Weg fort.

Dabei sah er auf sein Smartphone. Noch neunundzwanzig Stunden, dachte er und atmete tief ein. Abby Heimat würde mit ihm, ganz allein, nur mit ihm, auf den Weihnachtsmarkt gehen. Noch konnte er es nicht fassen.

In diesem Moment klingelte das Smartphone und er erschrak, weil er so tief in seinen Gedanken versunken war. Er runzelte leicht die Stirn als er die Nummer sah. Dieses Gespräch wollte er nun lieber nicht führen. Aber er wusste, dass er es führen musste.

Abby hatte sich bei Benjamin wie selbstverständlich eingehakt und gemeinsam schlenderten sie von Stand zu Stand.

Zu seinem Erstaunen trank sie keinen Glühwein, sondern schloss sich ihm bei einem heißen Tee an, dann aßen sie Langosch und schließlich heiße Waffeln mit Schlagrahm, der sich dekorativ in ihren Gesichtern verteilte und sie in Gelächter ausbrechen ließ. Mit Tempotaschentüchern säuberten sie sich gegenseitig, was sie noch mehr erheiterte.

„Ich habe mich schon lange nicht mehr so wohl gefühlt", sagte Abby, als sie weiter gingen.

„Ich mich auch nicht", sagte Benjamin leise und drückte sanft ihren Arm an sich, was sie mit einer stummen Geste erwiderte.

Der Markt begann sich zu leeren.

Benjamin sah zur Rathausuhr. „Ich bringe dich nach Hause", sagte er schließlich, aber Abby schüttelte den Kopf.

„Komm, lass uns noch ein bisschen spazieren. Es ist zwar kalt, aber wir sind doch gut durchwärmt und wir haben uns so lange nicht gesehen."

Sie zog ihn in Richtung Bänkegässchen, was er schweigend akzeptierte.

Schließlich sagte Abby: „Das mit Marlen geht mir einfach nicht aus dem Kopf. Ich kann nicht glauben das sie das selbst getan hat."

Obwohl er den ganzen Abend damit gerechnet hatte das Abby das Gespräch auf Marlen bringen würde, bedauerte er es, denn es schien die Stimmung zwischen ihnen zu zerstören.

„Hast du deshalb Frau Schulz beauftragt?", fragte er und sie nickte. „Aber ich denke, wir müssen uns wohl mit der Tatsache abfinden, dass sie es selbst getan hat."

Ihre Stimme klang resigniert. Inzwischen waren sie in der Nobelstraße angekommen, aber Abby dirigierte ihn in Richtung Straßbergerstraße.

„Lass uns zum Malzhaus gehen, vielleicht ist da noch was los."

Er nickte und sagte dann: „Weißt du das sie meinen Schwager in Verdacht haben? Er war Marlens… ähm."

„Liebhaber?", ergänzte Abby und schüttelte den Kopf. „Also, dass sie etwas mit einem verheirateten Mann angefangen hat, das hätte ich wirklich nicht gedacht."

Das Malzhaus war dunkel. Mitten in der Woche war wohl nichts los, die Gaststätte geschlossen.

„Naja, kann man nichts machen", sagte Abby lakonisch und schmiegte sich enger an Benjamin.

„Es ist trotzdem ganz schön kalt", murmelte sie und schob ihre Hand in die seine.

Inzwischen waren sie beim Durchgang angekommen, der hinunter zu Johanniskirche führte. Um diese Zeit war es hier still und fast wie ausgestorben.

Letzte Stimmen hörte man nur vom Altmarkt her und Abby sah nach oben zum Stern, der an dem Turm der Johanniskirche hing.

Unwillkürlich schauderte sie und Benjamin wusste

auch warum.

Er legte den Arm um sie.

„Ja, es ist schrecklich", murmelte er und fühlte, wie Abby ihren Kopf an seine Schulter legte. Er sah zu ihr hin und unwillkürlich berührten seine Lippen ihre Wange. Sie drehte langsam den Kopf und er fühlte plötzlich ihre Lippen auf den seinen.

Sie standen direkt unter der Beleuchtung des Durchgangs und Abby zögerte kurz. Dann zog sie ihn die Treppe hinunter in Richtung Kirche.

War es ihr peinlich? Peinlich, hier mit ihm gesehen zu werden? Nein, vielleicht hatte sie einfach nur das Licht gestört, das tat es auch bei ihm, wie er jetzt fand.

Sie gingen in Richtung Kirchenportal, noch immer eng umschlungen, als sich plötzlich eine Gestalt aus dem Dunkel des Portals löste und auf sie zu rannte.

Abby reagierte prompt und schrie: „Ben, pass auf", was dieser stirnrunzelnd registrierte.

Erst als die Person auf ein paar Meter herangestürmt war, sah er in der erhobenen Hand etwas glänzen.

Er war wie erstarrt, konnte sich nicht bewegen, als die Person knapp vor ihm plötzlich abdrehte und auf Abby zulief.

Jetzt kam auch Bewegung in ihn, er wandte sich um und sah, wie Abby in Richtung Pfarrhaus lief, schnell und ohne sich umzudrehen.

Irrsinnigerweise fiel ihm jetzt auf, dass sie im Gegensatz zu ihrer gestrigen Begegnung am Mittag, sportliche und bequeme Schuhe trug, die einen solchen

Sprint gestatteten.

In diesem Moment schoss eine zweite, schlanke Gestalt heran. Woher? Er konnte es nicht erkennen.

Sie sprang geradezu in die Luft und in die linke Seite der Person, die Abby verfolgte.

Die Person, eine Frau, wie Ben registrierte, ging mit einem Aufschrei zu Boden und der glänzende Gegenstand, ein langes Küchenmesser, schlitterte über den Boden.

„Abby, alles gut", rief Kate Schulz ein wenig atemlos und kickte das Messer mit dem Fuß noch weiter zur Seite, während sie die zierliche Frau, die sich verbissen zur Wehr setzte, fest am Boden hielt.

„Ruf die Polizei", rief sie Abby zu.

Diese nickte und, ohne Benjamin zu beachten, ihr Smartphone aus der Tasche zog.

Dieser war noch immer nicht in der Lage sich zu bewegen und starrte nur sprachlos auf die Frau am Boden, die er nur zu gut kannte.

„Manchmal weiß ich wirklich nicht, was ich noch sagen soll."

Mike Köhler war mehr als wütend und starrte Kate an, die ein wenig die Schultern zuckte.

„Am besten nichts", meinte sie lakonisch, was Omar Amri ein dröhnendes Lachen entlockte.

Sie saßen, umgeben von der putzigen Engelsschar, in Pfarrer Ruffels Büro, das dieser ihnen sofort zur Verfügung gestellt hatte.

Mike schüttelte resigniert den Kopf. „Hast du nicht daran gedacht, was hätte alles schieflaufen können?"

„Ach was, wir hatten doch sorgfältig alles geplant", warf Abby ein, die es sich in einem Sessel bequem gemacht und die Füße unter ihren Po gezogen hatte.

Mike warf beide Hände in die Luft.

„Als ob man so etwas planen kann."

Omar schüttelte den Kopf. Dann sah er zu Kate hin.

„Naja, ein bisschen muss ich Mike schon recht geben, das war eine gewagte Angelegenheit."

Dafür fing er von Kate einen Blick, der sagte: „Nicht noch du auch noch."

Er zog die dichten Augenbrauen nach oben.

„Kate, diese Frau ist psychisch krank. Keiner konnte vorhersagen wie sie reagieren würde."

„Wie sind sie nur auf Melanie Kirschner als Täterin gekommen?", fragte Marianne Jäger, die gerade den Raum betrat und Omars Worte noch verstanden hatte.

Kate sah sie an.

„Es war das Toilettenfenster."

Als alle Anwesenden sie anstarrten, lächelte sie.

„Die Spurensicherung hatte unter Johanna Hannichs Fingernägeln als auch am Fensterrahmen des Toilettenfensters auberginefarbene Wollfasern gefunden. Also ist der oder die Täterin zu diesem Fenster hinausgeklettert und wer tut das ohne Grund, noch dazu zwei Mal?"

Sie sah Mike an.

„Frau Hannich hatte zu dir gesagt, die Spurensicherung hätte das Toilettenfenster am Abend von Marlens Tod offengelassen, aber das stimmte nicht. Der Täter war schon einmal durch dieses Fenster geflüchtet und noch einmal nach Frau Hannichs Tod. Aber wer passte durch das Fenster? Marc Martens ebenso wenig wie Benjamin Ruffel, der übrigens zum Zeitpunkt von Frau Hannichs Tod mit mir zusammen war. Du hattest ja sogar einmal den Pfarrer selbst in Verdacht, aber alle sie schieden aus. Zu groß, zu schwer. Sogar ich hätte mich nur mit Mühe durchzwängen können."

Sie machte eine kurze Pause. „Als ich diese Woche Frau Kirschner nach Hause fuhr, merkte ich, wie schwer psychisch sie angeschlagen ist. Sie hat ein richtiges Wahngebilde um sich aufgebaut, ein religiöser Wahn, sicher ausgelöst durch den Tod ihres Sohnes. Scheinbar hatte sie immer klare Phasen und konnte so ihr Umfeld täuschen. Man hielt sie für sehr, sehr tiefgläubig, streng in der Auslegung des Glaubens, aber nicht für psychisch krank."

„Und da hast du begonnen, sie zu manipulieren",

warf Mike mit vorwurfsvollem Tonfall ein, was ihm ein Kopfschütteln seiner Kollegin Marianne einbrachte, weil er Kate unterbrochen hatte.

Diese ignorierte den Einwurf.

„Es war eigentlich das, was Steven über Frau Kirschner herausgefunden hat, was mich schließlich auf ihre Spur brachte. Melanie Kirschner, geborene Sandner, war Turnerin im Olympiakader, bevor sie von einem Auto angefahren wurde. Sie war danach zwar nie wieder aktiv, aber hat auch während ihres Studiums noch trainiert. Ihre Spezialität war das Reck. Auch wenn seitdem einige Jahre vergangen sind, sie hat nach wie vor noch die Figur und zumindest einen großen Teil der Fitness einer Turnerin. Sie war, in Kombination mit ihrem Verhalten, für mich die einzig mögliche Kandidatin."

Marianne Jäger hielt ihr Smartphone hoch.

„Das war Frieder. Sie haben bei den Kirschners eine auberginefarbene Damenflauschjacke gefunden, der Ehemann hat sie ihm auf Nachfrage anstandslos gegeben. Er versteht wahrscheinlich immer noch nicht, was wirklich los ist."

„Das er nie etwas gemerkt hat", warf Abby ein, aber Omar zuckte die Schultern. „Einbau in das Wahnsystem eines anderen. Sie hat ihn manipuliert, so lange, bis er es selbst geglaubt hat."

„Und nicht nur ihn", sagte Kate. „Auch Benjamin. Sie redete ihm ein, dass er seinen Schwager belasten müsse, wie und warum auch immer. Das wird er euch sicher noch erzählen. Marc Martens war zwar der Vater von Marlens Kind und sie haben auch gestritten, aber er war weder in der Kirche, noch hat Benjamin ihn dort gesehen."

Mike fuhr mit der Hand durch die Luft und zeigte dann auf Kate. „Gut, gut. Das alles werden wir noch erfahren. Aber was mich noch immer interessiert, warum seid ihr zwei auf diese wahnsinnige Idee gekommen?"

Dabei sah er auch Abby mit einem strengen Blick an, die allerdings lediglich die Augen nach oben drehte.

„Frau Kirschner hatte gegen Abby ein richtiges Wahngebilde aufgebaut. Satanistenszene, Teufelsanbetung. Sie hat mich regelrecht vor ihr gewarnt."

Sie sah Mike an. „Wenn ich mit dieser Sache zu dir gekommen wäre, du hättest mich doch ausgelacht, stimmts?"

Mit einem kurzen Seufzer nickte Mike.

Kate hatte recht, diese Beweislage hätte auch bei jedem Staatsanwalt einen Lachkrampf hervorgerufen. Schließlich war religiöser Fanatismus kein Straftatbestand. Und die Idee, Melanie Kirschner könnte ihre eigene Tochter umgebracht haben, schien mehr als abwegig.

Als habe Omar seine Gedanken gelesen, sagte dieser: „Ich denke noch immer, es könnte ein Unfall gewesen sein. Bei Marlen konnte ich keine Abwehrverletzungen feststellen und Fanatismus hin oder her, Marlen war von Größe und Gewicht ihrer Mutter deutlich überlegen. Wie sollte sie sie über das Geländer gebracht haben?"

Kate zuckte die Schultern.

„Das ist eure Aufgabe es herauszufinden. Wir haben euch nur die Täterin geliefert", sagte sie und zwinkerte Abby zu.

Dann sah sie wieder Mike an. „Gut, ich habe dann mit Abby einen Plan geschmiedet. Ich wusste aus dem Gespräch mit Benjamin, dass er einmal sehr für Abby geschwärmt hatte und es vermutlich immer noch tat."

Mike sah zwischen den beiden Frauen hin und her. „Und da hast du sie auf ihn angesetzt?"

„Ich finde Benjamin wirklich nett, ich meine als Mensch", warf Abby ein. Damit war klar, dass sie ihn nie als potentiellen Liebhaber in Betracht ziehen würde.

„Nachdem das geklappt hatte, rief ich Frau Kirschner an und sagte ihr, Benjamin und Abby wären zusammen", fuhr Kate fort. „Sie war völlig neben der Spur. Abby würde Benjamin verführen, ihn dem Satan ausliefern. Phu, das war schon richtig harte Kost. Im Gespräch ließ ich anklingen, dass die beiden planten, in dieser Woche abends auf den Weihnachtsmarkt zu gehen und später noch einmal zur Kirche, um dort Marlens zu gedenken. Das sie allerdings mit einem Messer auf Abby so spontan losgeht, hatte ich nicht vermutet."

Schließlich hob sie mit einer beruhigenden Geste beide Hände.

„Dabei war viel eher anzunehmen, dass gar nichts passieren würde. Damit mussten wir rechnen."

„Sie hätte aber auch eine Pistole haben können", warf Mike ein, was Kate nur ein Kopfschütteln entlockte. „Wir leben doch hier nicht in den Staaten. Wo bitte sollte eine Hausfrau aus Plauen eine scharfe Waffe herhaben?"

„Hast du eine Ahnung", murmelte er, schwieg dann aber.

„Naja, immerhin war ich vorgewarnt, hatte bequeme Schuhe an und wusste, dass Kate immer in unserer Nähe war", warf Abby ein und lächelte schelmisch. Ihr hatte es augenscheinlich viel Spaß gemacht, aktiv bei einem Fall mitmischen zu können.

„Trotzdem…", warf Mike wieder ein, als er von Abby unterbrochen wurde.

„Du hättest Kate sehen sollen. Wie eine Kung Fu Kämpferin ist sie der Angreiferin in die Seite gesprungen. Das war wirklich beeindruckend."

Mike schüttelte nur genervt den Kopf, dann erhob er sich. „Trotzdem, ich bleibe dabei. Dieser Alleingang war ein Risiko, Kate."

Als er keine Antwort erhielt, ging er mit einem Blick auf Marianna Jäger, die ihm folgte, nach draußen.

Auch Omar erhob sich. Im Vorbeigehen drückte er kurz Kates Schulter.

„Nimm es ihm nicht übel. Das war eine Glanzleistung von euch beiden. Aber Mike hatte einfach im nachhinein Angst um dich, ich kann ihn verstehen."

Mike hatte, wie versprochen, am 23.12. den Weihnachtsbaum geliefert, frisch aus einer Baumschule. Dann hatte er ihn in den Christbaumständer gestellt, was keine ganz leichte Aufgabe war, die er aber mit einigem Werkzeug und leisem Fluchen gemeistert hatte.

Jetzt stand Kate im Wohnzimmer und schmückte den Weihnachtsbaum mit dem Baumschmuck, den sie ebenfalls in der kleinen Manufaktur erstanden hatte. Mike saß am Esszimmertisch und sortierte das Besteck.

Sie hatten noch eine Menge zu tun. Am späten Abend würde Ben eintreffen und Jasmin hatte es sich nicht nehmen lassen, ihn in München vom Flughafen abzuholen.

In der Küche hörte Kate ein leises Rumoren. Ihr Nachbar, Herr Winter, hatte die gesamten Vorbereitungen für das Weihnachtsessen übernommen. Bereits im Herbst hatten sie sich einmal darüber unterhalten. Der alte Herr kochte leidenschaftlich gern, leider war er verwitwet und der einzige Sohn lebte seit Jahren in Australien und hatte nur sporadisch Kontakt zu seinem Vater.

„Wissen sie, wir haben früher ein großes und offenes Haus geführt, meine Frau und ich", hatte er traurig gesagt. „Und nun? Die meisten unsere ehemaligen Freunde sind tot oder im Pflegeheim oder verlassen die Wohnung nicht mehr. Ich sitze in diesem Palast und langweile mich zu Tode."

Kate hatte ihm spontan von ihrer geplanten, großen

Weihnachtsfeier erzählt und ihrem ehemaligen Partner Ben, der eine typisch deutsche Weihnacht kennen lernen wollte.

„Und ich kann überhaupt nicht kochen", schloss sie ihre Rede.

Der alte Herr hatte über den Zaun ihre Hand ergriffen und sie angestrahlt.

„Aber das kann ich doch übernehmen, machen sie sich keine Gedanken."

Kate hatte das Angebot angenommen, allerdings unter der Bedingung, dass Herr Winter am Weihnachtsabend mit ihnen feiern würde. Erst letzte Woche hatte er dann etwas verlegen darum gebeten, ob er noch eine Begleitung mitbringen dürfe, was Kate selbstverständlich bejahte.

Jetzt tönte ein etwas brüchiger, aber textsicherer Gesang von Weihnachtsliedern aus der Küche und der Geruch nach Gebackenem und Gebratenen war einfach gigantisch.

Mike runzelte lauschend die Stirn und schüttelte den Kopf. „Alle scheinen geradezu in einen Weihnachtsrausch zu verfallen", sagte er, aber Kate merkte, dass er das deutlich entspannter sagte wie noch vor ein paar Tagen.

Der gelöste Fall, die Aussicht auf ein paar freie Tage, gemeinsam mit guten Freunden und natürlich mit ihr, schienen auch ihn in einen Weihnachtsmodus zu versetzen. Gestern hatte er sogar ohne Murren eine Duftkerze ertragen.

Jetzt deckte er die lange Tafel, die Kate bereits vorbereitet hatte, genau nach ihren Vorgaben ein. Sie wollten morgen keinen Stress haben und sich ihren Gästen widmen können.

„So, fertig", sagte Kate und kam aus dem Wohnzimmer herüber.

Mike legte gerade die letzte Serviette auf. Mit einer Geste deutete er auf den Tisch.

„Zufrieden?", fragte er und Kate drückte ihm einen Kuss auf die Lippen. „Voll und ganz. Wollen wir noch einen Kaffee in meinem Arbeitszimmer trinken? Herr Winter hat mir glatt den Zugang zur Küche verboten."

Sie lachten beide und gingen nach oben.

Kate hatte ihr Arbeitszimmer in den Zeiten des Virus optimal als Ersatzbüro ausgestattet und so glänzte auch eine Kaffeemaschine im Schein der Stehlampe, die sie in der Sitzecke angeschaltet hatte.

Nachdem sie sich und Mike mit Kaffee versorgt und es sich in dem weichen Sessel bequem gemacht hatte, sprachen sie noch einmal über den Fall.

Erst gestern war er, auch dank Doktor Feiglers Mitarbeit, zum Ende gekommen. Der Psychiater, den Kate bereits aus den Fällen des Mordes im Lutherplatz und der Entführung der Jugendlichen im Sommer des Jahres kannte, hatte Frau Kirschner begutachtet und ihre Einweisung in eine forensische Psychiatrie empfohlen.

„Der berühmte Abschiedsbrief, der uns alle an der Nase herumgeführt hat, war in Wirklichkeit ein Brief

Marlens an ihre Eltern. Nur diese letzte Seite haben wir gesehen und daher gedacht, es seien die letzten Worte eines Menschen, der freiwillig aus dem Leben scheiden will. Aber der Brief hatte mehrere Seiten. Darin stand, dass Marlen nicht nur aus dem Haus ihrer Eltern ausziehen, sondern ganz aus Plauen weggehen wollte. Sie wollte ein neues Leben, außerhalb dem Einflussbereich ihrer Familie und der Gemeinde, beginnen. Nur sie und ihr Kind. Inwieweit sie diese Schwangerschaft geplant hat, kann nur vermutet werden. Jedenfalls hatte sie Marc Martens versichert, die Pille zu nehmen, was ja offensichtlich nicht stimmte."

Kate nippte an ihrem Kaffee und sah eine Weile schweigend aus dem Fenster, wo in der einbrechenden, nachmittäglichen Dunkelheit einige Schneeflocken von der Straßenlaterne angeleuchtet wurden. Dann schüttelte sie etwas den Kopf.

„Vielleicht war es ihre Rache an der Gemeinde. Sie fühlte sich gefangen in ihrer Religion, die ihr von ihren Eltern und, so dachte sie wohl, auch von der Gemeinde aufgezwungen wurde. Sie wollte einfach frei sein. Warum sie Marc Martens bloßstellen wollte, das ist ein Geheimnis, was wir wohl nie lösen werden."

Mike nickte. „Ja, da kannst du recht haben. Jedenfalls wusste ihre Mutter jetzt von ihrer Schwangerschaft und sie wusste auch, wer der Vater des Kindes war. Das alles stand in diesem Brief. Sie nahm ihn also und ging damit zur Kirche, um Marlen zur Rede zu stellen.

Mit Sicherheit hat Frau Hannich sie in der Kirche gesehen, aber nicht, wie sie zum Turm hinaufging. Frau Kirschner kannte sich in der Kirche aus. Sie wird einen unbeobachteten Moment genutzt haben, um an Frau Hannich vorbei zu schleichen, als diese vielleicht mit Besuchern beschäftigt war. Jedenfalls hat sie Marlen im Turmzimmer angetroffen, wo diese, wie es ihre Gewohnheit war, alles aufräumte. Sie haben gestritten, schließlich ist Marlen hinauf auf die Turmplatte gestiegen. Vielleicht wollte sie einfach nur dieser Situation und der Streiterei entkommen, vielleicht war ihr auch übel und sie brauchte etwas frische Luft. Ihre Mutter ist ihr gefolgt. Sie wird ihr keine Ruhe gelassen haben, hat sie mit Vorwürfen überschüttet, jedenfalls hat sich Marlen auf das Geländer gesetzt und ihr gedroht hinunter zu springen, wenn sie sie nicht in Ruhe lässt. Sie hatte wohl ihrer Mutter den Brief aus der Hand reißen wollen, aber nur diese letzte Seite erwischt."

Kate zog die Augenbrauen nach oben.

„Hat Frau Kirschner das so gesagt?"

Mike nickte. „Jedenfalls in einer relativ klaren Phase. Das würde auch erklären, warum Omar keine Abwehrspuren gefunden hat. Jedenfalls haben sie wohl auch auf der Plattform weiter gestritten und dann, so sagte es laut Doktor Feigler Frau Kirschner, habe Gott ihr befohlen, die Ehebrecherin und Lügnerin, die schon ihren Bruder getötet hat und die vom Satan besessen ist, in die Tiefe zu stoßen. Sie sei dann wie ein Engel geflogen, als wolle ihr Gott verzeihen. Ich zitiere jetzt mal was sie Doktor Feigler gesagt hat."

Kate hatte die Hände vor den Mund geschlagen.

„Mein Gott, das ist ja furchtbar."

„Melanie Kirschner ist eine schwerkranke Frau. Laut Doktor Feigler wurde ihre Schizophrenie, deren Disposition sie wohl in sich trug, durch den Tod ihres Sohnes ausgelöst. Jedenfalls ist sie, nachdem sie Marlen gestoßen hatte, nach unten gerannt. Die Kirche war fast vollständig leer, denn alle drängten zum Ausgang, um zu sehen, was da los war. Auch Frau Hannich, die bereits alles abgeschlossen hatte, weil sie ja dachte, dass Marlen jeden Moment nach unten kommen würde. Sie hatte auch die Toilettenfenster kontrolliert, ob sie geschlossen sind. So wie jeden Abend, das hatte sie mir ja gesagt. Aber Frau Kirschner kannte sich aus. Vielleicht wollte sie sich erst in der Kirche verstecken, bis alle weg waren. Aber dann hat sie sich wohl überlegt, dass das für sie eine ´Falle sein würde. Also ist sie auf der Suche nach einem Ausgang zu den Toiletten gerannt. Sportlich wie sie immer noch ist, ist sie aus dem Toilettenfenster geklettert. Da die Fenster nach hinten hinaus gehen und sich alle Aufmerksamkeit ja vorn auf dem Kirchplatz konzentrierte, konnte sie unerkannt entkommen. Bis wir gemeinsam mit Pfarrer Ruffel bei ihr auftauchten, war sie längst wieder zu Hause und stand kochend in der Küche."

Er zuckte die Schultern und schenkte sich und Kate noch etwas Kaffee nach.

„Sie hat doch nie jemand verdächtigt und auch ihre

Reaktion der Trauer war, wie mir Doktor Feigler erklärte, echt. Sie hatte sich bereits völlig von der Tat distanziert, sie verdrängt."

Eine Weile schwiegen sie, dann fragte Kate: „Aber warum hat Frau Hannich Benjamin erwähnt?"

„Nun, Benjamin war ja an jenem Abend in der Kirche und hat Frau Kirschner gesehen. Er hat natürlich keinen Zusammenhang erkannt, aber, das hat er uns erzählt, es Frau Hannich erzählt und die hat sehr schnell kombiniert. Aber leider hat Benjamin von dem Gespräch auch seiner Quasiziehmutter, Melanie Kirschner, erzählt. Die ist in die Kirche geeilt und traf Frau Hannich allein an. Laut ihrer eigenen Aussage stellte Frau Hannich sie zur Rede. Es kam zum Streit und scheinbar war Frau Kirschner so psychotisch, dass Frau Hannich es durch ihre verworrenen Reden bemerkte und sie beruhigen wollte. Sie standen auf der Treppe, genau in der Biegung. Wahrscheinlich wollte Frau Hannisch gerade vom Türmerstübchen nach unten gehen, als ihr Melanie Kirschner auf der Treppe begegnete. Frau Kirschner ihrerseits glaubte, Johanna Hannich sei mit dem Teufel im Bunde, der ihr und der ganzen Gemeinde schaden wolle und als diese sie anfassen wollte, wohl um sie zu beruhigen oder sie zu bitten, sie vorbeizulassen, stieß sie sie von sich. Frau Hannich fiel nach hinten, nachdem sie noch instinktiv versucht hatte, sich bei Frau Kirschner festzuhalten. Daher die auberginefarbenen Wollreste unter ihren Fingernägeln, die die Spurensicherung fand. Der Hinweis auf Benjamin sollte sicher zu dessen Schutz sein. Frau Hannich hatte Angst, Melanie Kirschner könnte ihm auch etwas antun."

Kate stieß die Luft aus.

Mike griff hinüber und strich über ihre Hand. „Keine Ahnung was noch passiert wäre, wenn du sie nicht gestoppt hättest."

Als Kate ihn anlächelte, sagte er: „Auch wenn ich nach wie vor der Meinung bin, dass es eine leichtsinnige und gefährliche Aktion war."

Kate stand auf. „In Ordnung, Herr Hauptkommissar, künftig nur noch Aktionen in Absprache mit dir."

Mike erhob sich ebenfalls und lachte laut auf.

„Ich glaube, eher friert die Hölle zu, als das du dich an so eine Abmachung hälst."

Jasmin und Omar hatten Ben gleich in ihrer Wohnung einquartiert und luden Kate und Mike zu einem gemütlichen Brunch ein, da, wie Kate es ausdrückte, ihre Küche bis zum Abend von Herrn Winter belagert würde.

Es wurde ein heiterer Vormittag und Nachmittag, auch wenn es draußen trüb und regnerisch und kein bisschen weihnachtlich war.

Ben und Kate tauschten alte Erinnerungen an gemeinsame Einsätze aus, es wurde viel gelacht und Mike hatte Kate selten so entspannt und gelöst gesehen. Scheinbar wirkte Bens Anwesenheit auf sie wie ein Jungbrunnen, wie er, zugegeben etwas neidvoll, feststellte. Dabei, da war er sich sicher, war ihr Verhältnis rein kollegial- freundschaftlich gewesen und würde es auch bleiben, denn Kate kündigte an, im Frühling in die Staaten zu fliegen und dabei auch Ben und ihre alte Dienststelle wieder aufzusuchen.

„Vielleicht überlegst du es dir ja doch noch mal? Der Chief würde in seinen letzten paar Dienstmonaten sicher noch mal alle Strippen für dich ziehen", sagte Ben augenzwinkernd.

Mike warf ihm einen gespielt bösen Blick zu.

„Bring sie ja nicht auf eine dumme Idee", knurrte er und legte einen Arm um Kates Schulter, die herzhaft lachte.

„Nein, nein", sagte sie und stupste Mike leicht an.

„So schnell wirst du mich nicht mehr los."

Omar, der lächelnd den kleinen Schlagabtausch beobachtet hatte, sah zum Fenster.

Obwohl es heute gar nicht richtig hell geworden war, wurde es jetzt richtig dunkel.

„Wie sieht sie weitere Planung heute aus?", rief er die Anwesenden zu Ordnung.

Kate sah zur Uhr. „Herrje, da haben wir uns ja richtig verquatscht. Langsam müssen wir los, ich musste Herrn Winter versprechen, dass wir pünktlich 18.00 Uhr da sind, sonst ziehen wir uns seinen geballten Zorn zu. Abby und Steven kommen hoffentlich auch pünktlich."

Ben hob etwas den Kopf.

„Abby?", fragte er, denn Kate hatte deutsch gesprochen, obwohl man sich an diesem Tag auf Englisch geeinigt hatte, da Ben nur ein paar wenige Worte Deutsch verstand. Auch jetzt hatte er nur den Namen verstanden, aber seine Augen leuchtete bereits.

„Schau einer an", dachte Kate, während Omar es Ben erläuterte. Mike tippte indes auf seine Armbanduhr, worauf sich Kate als auch Jasmin erhoben.

Genau fünf Minuten vor 18.00 Uhr trafen die fünf bei Kates Haus ein, vor dem Abby und Steven Neubauer, in ein angeregtes Gespräch vertieft, am Zaun lehnten. Kate, die als erstes ausgestiegen war, schüttelte den Kopf. „Warum steht ihr in der Kälte hier herum?", fragte sie, aber Steven winkte ab.

„Wir wussten doch, dass ihr gleichkommt", sagte er lakonisch und Mike, der beim Aussteigen den Satz noch gehört hatte, blies deutlich hörbar die Luft aus. Er wusste, dass sich der IT- Experte von Schulz Security in diverse Systeme einhacken konnte und auch wenn ihnen das nicht nur einmal die Arbeit sehr erleichtert hatte, fand er es immer noch beängstigend.

Er sah Stevens schiefes Grinsen.

„Herr Winter, dein Nachbar, hat es uns gesagt", sagte er, an Kate gerichtet und zwinkerte Mike zu. Unterbrochen wurde er von einem kleinen Schrei, den Abby ausstieß, als sie sah, wie sich der FBI Special Agent Ben Thomson aus dem Auto schälte. Sie rannte auf ihn zu und er hob sie hoch und drückte ihr einen Kuss auf die Lippen. Mike sah, wie Steven Neubauer sich leicht versteifte, aber dann mit einem Lächeln Ben die Hand schüttelte, der Abby wieder sanft auf den Boden gesetzt hatte.

„Okay", sagte Kate. „Dann sind wir ja vollständig." Alle anderen Mitarbeiter von Schulz Security feierten Weihnachten bei ihren Familien oder waren, wie Holger, als Bodyguard mit einem Klient in Berlin unterwegs.

In der geräumigen Diele entledigten sie sich alle ihrer Mäntel, Mützen und Schals und Ben hob genießerisch die Nase.

„Oh", sagte er nur und Kate lächelte. „Du bekommst genau die deutsche Weihnacht, wie du es dir gewünscht hast. Und jetzt alle ins Esszimmer", sagte sie.

Schnell huschte sie in die Küche, wo sie wie angewurzelt im Rahmen stehen blieb. Im Dampf der gefüllten Terrinen und Pfannen sah sie neben Herrn Winter, der mit einer voluminösen Schürze ausgestattet, gerade die Gans auf die vorbereitete Platte gleiten ließ, ihre Nachbarin, Frau König, stehen.

Diese schaute sie verlegen an und sagte leise: „Guten Abend Katherina und frohe Weihnachten."

Das waren die ersten Worte, die sie seit Monaten mit Kate wechselte.

„Das wünsche ich ihnen auch, Frau König."

Herr Winter reichte Kate die Platte mit der Gans.

„Tragen sie sie doch bitte rüber, ja? Im Übrigen ist Frau König meine Begleitung für heute Abend. Sie haben doch nichts dagegen?"

Kate konnte nicht anders als schweigend den Kopf schütteln und trug, wie ihr aufgetragen, die Platte ins Esszimmer. Nach und nach hatte sich der Tisch mit Schüsseln und Terrinen gefüllt und es schien kein Ende in Sicht.

Mike kümmerte sich um die Getränke und Herr Winter band seine Schürze ab. Kate, die noch einmal einen schnellen Blick ins Wohnzimmer geworfen hatte, wo alle Geschenke unter dem Baum lagen, sah mit einem Stirnrunzeln an die große Tafel, wo sich jetzt alle setzten.

Sie waren mit ihr neun Personen, die Tafel, das fiel ihr erst jetzt auf, war für zehn Personen gedeckt.

Mike sah zu den anderen, die sich angeregt unterhielten.

„Also, wie ich sehe, essen wir pünktlich, danach Bescherung und dann", sein Blick ging zu Kate. „Dann geht es in die Christmette, natürlich nur wer will."

Kate nickte zustimmend, während sie die Platte mit der glänzenden, gebratenen Gans in der Mitte des Tisches nochmals zurechtrückte und deutete dann auf das zehnte Gedeck.

„Was soll das sein? Erwarten wir die zehnte Fee, oder was?"

Alle lachten, während Herr Winter, der gerade wieder mit den Klößen aus der Küche kam, auf das Tranchierbesteck deutete.

„Herr Professor, das übernehmen doch sie?", fragte er Omar, der lächelnd nickte.

„Aber bitte Omar, Herr Winter, das hatten wir doch vereinbart." Der alte Herr nickte lächelnd.

Kate runzelte leicht die Stirn. Seit wann kannten die beiden sich? Und was war das jetzt mit dem zehnten Gedeck? Niemand gab ihr eine Antwort, als es klingelte.

Mike deutete zur Tür. „Gehst du bitte, Kate? Das ist für dich."

Kopfschüttelnd ging Kate in den Flur und öffnete die Tür. Sprachlos starrte sie die Frau an, die mit einem Koffer vor ihrer Tür stand, während auf der Straße gerade ein Wagen abfuhr.

„Tante Sarah?", stammelte sie schließlich, während die Frau sie ohne Kommentar in ihre Arme zog.

„Sie haben dir also wirklich nichts gesagt?"

Mit einem breiten Lächeln umfasste sie Kates Gesicht und küsste ihre Wange. „Nun, ich dachte mir, wenn der Prophet nicht zum Berg kommt, kommt der Berg zum Propheten."

146

Als Kate sich noch immer nicht rührte, sagte ihre
Tante: „Willst du mich hier anfrieren lassen?"
Kate schüttelte den Kopf und lachte etwas. „Ent-
schuldige, aber das muss ich erst einmal verdauen."
Sie half ihrer Tante aus dem Wintermantel und stellte
den Koffer auf die Treppe.
„Den kann Mike dann hochtragen", sagte sie.
Ehe sie die Tür zum Esszimmer öffnete, nahm ihre
Tante sie bei der Hand. „Es ist dir doch recht das ich
gekommen bin? Es sollte eine Überraschung sein."
Kate gab den Druck zurück. „Natürlich und die
Überraschung ist wirklich gelungen."

Es war ein wunderbares Weihnachtsfest gewesen. Gegen 22.00 Uhr waren alle zur Mette in die Herz Jesu Kirche aufgebrochen. Auch Omar und Kates Tante Sarah hatten sich angeschlossen.

Danach waren sie noch lange zusammengesessen und Herr Winter hatte, nach einigen Gläsern Wein, dem er gemeinsam mit Mike, Jasmin, Ben und Abby zusprach, verkündet, im neuen Jahr mit Frau König, die bei diesen Worten errötete wie ein Teenager, zusammenzuziehen.

„Alleinsein ist doch furchtbar, das hat mir wieder dieser wunderbare Abend bewiesen. Wir sind soziale Wesen und nicht zum Alleinsein geschaffen. Ich will nicht die letzten paar Jahre meines Lebens in diesem riesigen Haus da drüben versauern."

Seine Stimme war nicht mehr ganz so fest wie vorher, aber scheinbar war er immer noch einigermaßen nüchtern. Dann stieß er mit Jasmin an und prostete Omar zu, der sein Saftglas erhob. „Also dann, auf meine neuen Mieter."

Kate sah verständnislos von Herrn Winter zu Omar und Jasmin, die beide grinsten. Schließlich hatte sich Omar erbarmt und Kate aufgeklärt.

Er und Herr Winter hatten vereinbart, dass sie das Haus für ein Jahr mieten würden. Wären dann alle mit den Arrangements einverstanden, würde Omar es in einem Jahr kaufen.

„Also dann, auf gute Nachbarschaft", imitierte er Herrn Winters Trinkspruch und prostete Kate zu, die einfach nur den Kopf schüttelte.

„Und das alles hinter meinem Rücken", sagte sie lächelnd.

Mike schlief tief und fest, aber Kate war wohl zu aufgeregt, um einschlafen zu können.

Es war bereits nach zwei Uhr gewesen, als die letzten Gäste gegangen waren.

Sie wälzte sich zur Seite und sah auf den Wecker, gleich vier Uhr. Leise, um Mike nicht zu wecken, schlüpfte sie in ihre Hausschuhe und ging auf den Flur. Sie hörte etwas im Erdgeschoss.

Als sie sich über das Geländer beugte, sah sie in der Küche Licht. Sie ging hinunter und sah, wie ihre Tante Sarah gerade den Geschirrspüler anschaltete. Ringsum war alles blitzblank.

„Das hättest du doch nicht tun müssen, ich wollte es früh gleich machen. Wir sind ja mittags bei Omar und Jasmin eingeladen", sagte sie und ihre Tante wandte sich um.

„Ach, ist schon gut. Ich konnte sowieso nicht schlafen und da dachte ich, ich mache mich einfach nützlich." Sie sah ihre Nichte an. „Du kannst scheinbar auch nicht schlafen, oder?"

Ohne eine Antwort abzuwarten, nahm sie zwei Gläser aus dem Schrank. „Ich mache uns eine schöne warme Milch mit Honig, die hilft immer."

Sie deutete auf die kleine Bibliothek, in der auch noch ein Licht brannte und Kate nickte. Sie betrat den Raum und sah ein Fotoalbum offen auf dem Tisch liegen.

Es war jenes Album, dass Bilder ihrer Mutter als

Kind und Jugendliche enthielt. Sie blätterte gerade
darin, als ihre Tante mit den Gläsern eintrat.

„Ich hoffe, du bist nicht böse, aber ich wollte ein paar
Bilder von Rebecca, von deiner Mama, ansehen."
Kate schüttelte den Kopf und nahm ihrer Tante das
eine Glas ab. Dann setzten sie sich in die Sessel und
schwiegen eine Weile.

„Du fliegst also mit mir zurück?", fragte ihre Tante
nach einer Weile.

Im Laufe des Abends hatten sie darüber gesprochen,
dass Kate ihren, im Sommer durch den Virus ver-
schobenen, Besuch jetzt nachholen wollte.

Jasmin hatte ihr versichert, sie inzwischen bei Schulz
Security gut zu vertreten, woran sie nicht den ge-
ringsten Zweifel hatte.

Kate nickte. „Ja, gleich nach Neujahr fliegen wir.
Wenn ich es wieder verschiebe wird nie etwas dar-
aus. Das hat Mike gesagt und recht hat er."
Ihre Tante nahm einen großen Schluck von der süßen
Milch.

„Es ist nur schade, dass ich meine Großmutter nicht
kennenlernen konnte. Sie ist gestorben, ohne zu wissen…" Kate verstummte.

Irgendwie schien es ihr nicht passend in der Christ-
nacht dieses Thema aufzubringen, aber es war einfach aus ihr herausgesprudelt.

„Entschuldige", murmelte sie und hob das Glas an
ihre Lippen.

Ihre Tante setzte das ihre auf den Tisch und zog zwei
Bilder aus der Tasche ihres flauschigen, dunkelroten

Bademantels, der sie komplett einhüllte. Sie legte die Fotos auf den Tisch, das Kate sie sehen konnte.

Das eine Foto zeigte ihre Eltern.

Kate erinnerte sich an den Anlass, es war ein Jubiläumsball zu Ehren ihres Vaters gewesen, den die Klinik ausgerichtet hatte. Sie holte tief Luft.

Nur drei Wochen später hatten sie in einem der Flugzeuge gesessen, dass in das World Trade Center gerast war. Damals hatte man eben dieses Foto zum Gedenkgottesdienst, aber auch für die Medien genommen.

Das andere Foto war ein offizielles FBI Foto von ihr.

Ihre Tante legte ganz sanft ihre Hand auf beide Bilder.

„Weißt du, dass deine Großmutter nie aufgehört hat nach ihrer verschollenen Tochter zu suchen? Sie war überzeugt, dass Rebecca überlebt hat. Mama hatte gute Beziehungen, sehr gute Beziehungen. Aber in Deutschland war meine Schwester einfach nicht aufzufinden."

Sie nahm das Foto mit Kates Eltern wieder in die Hand.

„Mein jüngster Sohn, dein Cousin David, studierte in Boston. Am 13. September 2001 sah er dieses Foto deiner Eltern in einer Zeitung. Er hat die verblüffende Ähnlichkeit zwischen mir und der abgebildeten Frau gesehen und mich sofort angerufen. Gabriel, mein Ältester, hat es verifiziert. Es bestand kein Zweifel. Maria Schulz war meine, seit 1943 verschollene Schwester Rebecca."

Kate starrte ihre Tante an, als traue sie ihren Ohren nicht. „Heißt das…?"

Sie schüttelte den Kopf und stand auf.

Alles drehte sich um sie herum. Sie ging zu der schmalen Tür, die hinaus auf die Terrasse führte und riss sie auf. Die kalte Dezembernacht schlug ihr mit voller Wucht entgegen. Sie trug nur einen leichten Schlafanzug, aber das war ihr gleichgültig.

Gierig saugte sie die frische Luft ein bis ihr Brustkorb zu brennen begann.

Schließlich drehte sie sich langsam um. Auch ihre Tante hatte sich erhoben und stand nun in ihrem flauschigen, bordeauxroten Bademantel neben ihr und ergriff ihre Hand. Nicht zögerlich, sondern fest und bestimmt.

„Katherina, es ist schwieriger als du denkst. Mama hat so noch erfahren dürfen, dass Rebecca gelebt hat und, zumindest scheinbar, ein gutes und erfülltes Leben hatte. Tragisch ist allerdings, dass diese selbst nie ihre wirkliche Geschichte erfahren konnte. Das hat ihr tragischer Tod verhindert. Aber zumindest konnte Mama abschließen. Einen Monat später ist sie gestorben, ganz friedlich eingeschlafen. Ich glaube, nur der Wille, die Wahrheit über den Verbleib von Rebecca herauszufinden, hat sie am Leben gehalten."

Kate hatte dem ersten Impuls, ihrer Tante ihre Hand zu entreißen, widerstanden. Jetzt empfand sie es fast wie einen Rettungsanker im Chaos ihrer Gefühle.

„Hat sie von mir gewusst?"

Die Antwort kam schnell.

„Ja, das Foto von dir haben wir dann sehr schnell gefunden. Es hat sie sehr glücklich gemacht. Immerhin warst du ihre einzige Enkelin, ich habe ja nur Söhne."
Langsam griff sie an Kate vorbei und schloss die Tür. Erst jetzt merkte diese, wie sie zitterte. Plötzlich fühlte sie die Wärme des Bademantels ihrer Tante auf ihren Schultern und den etwas schweren, orientalischen Duft ihres Parfüms.
Sie fühlte sich ungemein geborgen und leistete keinen Widerstand, als ihre Tante sie zurück zum Sessel führte und sanft hineindrückte.
Sie holte tief Luft und versuchte, ihre Gefühle wieder in den Griff zu bekommen. Sie sah ihre Tante an, die, mit einem schlichten weißen Nachthemd bekleidet, wieder ihr gegenüber Platz genommen hatte.
„Warum hast du mir das nicht bei deinem ersten Besuch gesagt?"
Sie hörte ein tiefes Seufzen. „Ich wollte es dir auch heute noch nicht sagen, erst in Israel. Aber ich habe es nicht mehr ausgehalten. Beim ersten Mal war ich…zu feige. Ich hatte Angst, du wärst so böse auf mich, auf uns, dass du jeden Kontakt wieder abbrichst."
Kate sah ihr in die Augen. Sie stellte die für sie logischste Frage.
„Warum hast du dich nicht gleich nach dem Tod meiner Eltern bei mir gemeldet?"
Ihre Tante wich dem Blick nicht aus. „Weil du noch beim FBI warst und, nun ja, Gabriel arbeitet bei einer…ähm, staatlichen Behörde und…"

153

Kate hatte sich etwas aufgerichtet. Scheinbar war es die Kälte gewesen, die ihre Gedanken wieder geschärft hatte.

„Gabriel, mein Ältester, hat es verifiziert", hatte ihre Tante vorhin gesagt.

„Gabriel, mein Cousin, er ist beim Mossad, nicht wahr?", fragte sie geradeheraus und registrierte befriedigt, dass ihre Tante leicht zusammenzuckte.

„Scheint ja in den Genen zu liegen", ergänzte sie lächelnd, obwohl ihr gar nicht so zumute war.

Ihre Tante warf ihr einen kurzen, verstehenden Blick zu. „Sagen wir, er arbeitet in einer Behörde und es hätte einige, nicht unbedeutende Schwierigkeiten gegeben, wenn er eine Cousine beim FBI in den USA gehabt hätte. Zumindest zum damaligen Zeitpunkt."

Kate verstand. Ihr Cousin Gabriel hatte also keine unwesentliche Position innerhalb des israelischen Geheimdienstes inne und ihre Tante hatte recht, für sie beide, also für ihn und auch für sie, hätten Probleme daraus erwachsen können.

„Verstehst du jetzt?", fragte ihre Tante zögerlich und sah Kate beunruhigt an, als diese sich erhob und den Bademantel auszog.

Mit einem Lächeln, das diesmal echt und aus ihrem tiefsten Herzen kam, legte sie ihn ihrer Tante um die Schultern und küsste sie auf die Wange.

„Lass uns wenigstens noch ein bisschen schlafen und danach einen schönen ersten Weihnachtstag genießen. Den Rest kannst du mir dann in Israel erzählen."

Nachwort:

Die von mir geschilderten Geschichten, Einrichtungen und Menschen sind fiktiv.

Real sind die Orte, wie die St. Johanniskirche mit der Türmerstube, der Plauener Altmarkt und so weiter.

Real ist auch die Plauener Kaffeerösterei und ihr Besitzer Daniel, der so freundlich war, mir zu gestatten, Teile meiner Geschichten in seinen Räumen, damals noch im Wilkehaus (Bahnhofstraße), anzusiedeln.

Jetzt befindet sich die Kaffeerösterei in der Neundorferstraße.

Schauen Sie doch einmal vorbei, vielleicht sitzt gerade Kate Schulz mit Mike Köhler und Omar Amri auf der Couch und trinkt ihren Lieblingscappuccino?

Auch andere Cafés, wie zum Beispiel das Kaffeehaus Müller, existieren in Plauen.

Und natürlich ist der Plauener Weihnachtsmarkt real und besuchenswert, allerdings gibt es dort keinen Weihnachtsengel, analog dem Nürnberger Christkind. Dieser ist nur meiner Fantasie entsprungen!

Zur Autorin:

Annette G. Krupka wurde in Plauen geboren.
Sie besuchte hier die Schule, lernte Krankenschwester, studierte später Pflegemanagement, erwarb einen Masterabschluss und ist als freiberufliche Unternehmensberaterin tätig.
Heute lebt sie in einer Thüringer Kleinstadt und hat ein Fachbuch zum Thema Pflege veröffentlicht.

„Engelsflug" ist der siebente Teil um die ehemalige FBI-Agentin Kate Schulz.
Bisher erschienen sind:
Lebensborn
Golem
Entführt
Methusalem
Filmriss
Virus
Weitere Folgen sind geplant.

Nach England und Schottland entführt die Reihe um Jane MacKenzie und Detective Inspektor Peter Brown.
Bisher erschienen sind:
Der Hyde Park Mörder
Die Rache der Kali

Auch hier wird es weitere Folgen geben.

Liebe Leser, danke, dass Sie Kate Schulz bis zum
Ende des siebenten Falles gefolgt sind.

Sind Sie neugierig, wie es weiter geht mit Kate
Schulz???
Bald ist es soweit:

Kate Schulz 8 -Würgemale-

Kate Schulz kehrt von ihrem Verwandtenbesuch aus
Israel zurück.
Inzwischen wurden in Plauen junge Frauen von einem geheimnisvollen Mann in den späten Abend-
stunden überfallen und fast bis zur Bewusstlosigkeit
gewürgt.
Die Vorgehensweise erinnert an einen Täter aus
DDR- Zeiten, der als Würger von Plauen in die Kri-
minalanalen einging. Aber dieser kann die Taten
nicht begangen haben, darüber sind sich die Ermittler
einig. Ist es ein Nachahmungstäter?
Nachdem eine der jungen Frauen, eine Mitarbeiterin
bei Schulz Security, infolge eines Angriffs stirbt, werden die Ermittlungen intensiviert. Und nun beginnen auch Jasmin Weidner-Amri und Kate Schulz auf
eigene Faust zu ermitteln.

Leseprobe- „Würgemale"

Schwester Katrin hatte gerade eine neue Kanne Kaffee angesetzt, die dritte in dieser Nacht, nachdem es heute in der Notaufnahme wieder zuging wie „auf dem Leipziger Hauptbahnhof", wie sie zu sagen pflegte. An eine richtige Pause war nicht zu denken, aber alle wussten, wo der Kaffee stand und dafür blieb zumindest ein Augenblick, um der Muntermacher, wenn schon nicht zu genießen, aber in der Hoffnung auf seine Wirkung, in sich hineinzuschütten.
Dann ging sie nach vorn, wo gerade eine junge Frau hereingeführt wurde.
Sie keuchte und schien kurz vor einer Hyperventilation. Ihre Hose wies Spuren von Schlamm auf und die helle Jacke mit grauem Kunstpelzbesatz war an einigen Stellen zerrissen und mit Schlammspritzern übersät. Aber sonstigen Verletzungen oder Blut waren, zumindest auf den ersten Blick, nicht erkennbar.
Ein junger Pfleger dirigierte sie zu einem Stuhl.
Katrin ging auf die beiden zu.
„Was?", fragte sie den Pfleger, Nils Kern, kurz.
Dieser deutete ihr mit einem Nicken an, zur Seite zu gehen.
„Sie kam gerade vorn an, sie sagt, jemand habe sie überfallen und gewürgt. Sie war fast bewusstlos, als er von ihr abließ und ihre Tasche mitnahm. Sie hat keine Papiere, also auch keine Chipkarte."
Katrin nickte und ging zu der jungen Frau.
Deren dunkelblondes, langes Haar war zerzaust und

hing ihr ins Gesicht.

„Guten Abend, ich bin Schwester Katrin", stellte sie sich vor und die junge Frau hob langsam den Kopf. Jetzt sah Katrin an deren Hals rote Flecke, die auf einen gewissen Druck schließen ließen.

„Wer war das?", fragte sie und deutete darauf.

Die junge Frau schluchzte auf.

„Ich habe ihn nicht gesehen, er kam aus dem Gebüsch, hier unten am Alberthain. Er hat kein Wort gesagt, hat nur seine Hände um meinen Hals gelegt und gewürgt. Ich wollte mich wehren, habe seine Hände gegriffen, aber er trug Gummihandschuhe, ganz dicke, ich konnte sie auch nicht zerrissen. Aber dann habe ich auch schon das Bewusstsein verloren, also nicht ganz, aber ich bin in den Dreck gefallen oder er hat mich gestoßen, ich weiß nicht mehr. Jedenfalls war er weg. Nach einer Weile bin ich aufgestanden und hier hochgelaufen. Was sollte ich denn tun?" Sie schluchzte wieder, als der diensthabende Internist um die Ecke bog. Pfleger Nils wies ihn kurz in die Lage ein. Dann trat dieser zu der jungen Frau.

„Möchten sie, dass wir die Polizei informieren?", fragte er, während er sie untersuchte.

„Ja, bitte", sagte sie leise.

Der Arzt nickte Katrin zu, die sich mit Nils entfernte. Während sie das Telefon aus der Kitteltasche zog sah sie den jungen Pfleger an.

„Vor einer Woche war auch eine junge Frau da, die hat aber auf eine Anzeige verzichtet, sagte, es könne ihr Exfreund gewesen sein und sie wolle keinen

159

Ärger, der würde sie laufend stalken."

Nachdem sie die Polizei informiert und aufgelegt hatte, meinte sie: „Weißt du, an was mich das erinnert? Im August 1982 wurde Reni nach dem Spätdienst im Alberthain gewürgt. Wir haben zusammen gelernt, darum macht mich das heute noch so betroffen und ich weiß es so genau, als sei es gestern gewesen. Der Täter war der Würger von Plauen."

Nils zog die Augenbrauen hoch.

„Der Würger von Plauen? Na, das klingt ja echt abgefahren."

Katrin nickte. „Ja, das war es auch. Du bist zu jung als das du dich daran erinnern kannst, aber er hat damals etliche junge Frauen bis zur Bewusstlosigkeit gewürgt und die Polizei an der Nase herumgeführt."

„Und, haben sie ihn bekommen?"

Katrin nickte. „Ja, und rechtskräftig verurteilt."

Nils dachte nach. „1982? Da müsste er doch längst wieder auf freiem Fuß sein, oder? Und du denkst jetzt, er ist wieder aktiv?"

Er zog dabei die Stirn in Falten.

Es war ihm anzusehen, dass er dieser Theorie nichts abgewinnen konnte.

„Wer weiß, was für ein Perverser das wieder war", sagte er und ging wieder an seine Arbeit. Kathrin runzelte leicht die Stirn. Irgendwie hatte sie das Gefühl, dass hier etwas ganz und gar nicht stimmte.

Als eine Stunde später zwei uniformierte Polizisten die Notaufnahme betraten, winkte der ältere der beiden ihr lächelnd zu.

Polizeiobermeister Rudi Müller war ein alter Hase und stand nun kurz vor seiner Pensionierung.

Unzählige Male waren er und Katrin hier begegnet und er wusste, dass sie immer eine Tasse Kaffee für ihn hatte, um die endlosen Nachtschichten zu kompensieren. Nachdem er sich, gemeinsam mit seinem jüngerer Kollegen, erst mit der jungen Frau und dann mit dem Arzt unterhalten hatten, kam er noch einmal zu Katrin.

„Na, anstrengende Nacht?", fragte er teilnehmend und nahm mit einem breiten Grinsen den Kaffeepott entgegen, den sie ihm hinhielt.

Sie nickte. Dann sah sie in Richtung der jungen Frau, die noch immer mit Obermeister Müllers Kollegen sprach. „Wir nehmen dann ihre Anzeige auf."

Katrin winkte ihn ein wenig zur Seite.

In der kleinen Nische konnten sie ungestört reden.

„Ich weiß, dass ich ihnen das eigentlich erzählen darf, aber vor einer Woche war auch eine junge Frau hier. Sie wurde auch gewürgt, gleicher Tathergang."

Der Polizist hatte gerade seinen Kaffeepott an die Lippen gesetzt und ließ ihn bei Katrins Worten wieder sinken.

„Sie hat keine Anzeige erstattet?", fragte er und Katrin schüttelte den Kopf.

„Sie sagte, es könne ihr sie stalkender Exfreund gewesen sein und sie wolle keinen Ärger. Scheinbar ist

161

er ein eher unangenehmer Zeitgenosse."

Obermeister Müller sah Katrin eine Weile schweigend an, dann nickte er langsam.

„Ich denke fast, wir haben den gleichen Gedanken."

Mit einem Seufzer nickte sie und sagte leise: „Der Würger von Plauen ist wieder aktiv."